據中國國家圖書館藏明崇禎十年刻本影印原書版框高二十六·五釐米寬十六·八釐米

吳騷合編序

東閩之宗古律非無律也律不及唐也唐古選非古之選也選不及晉魏也漢無騷非無騷也騷不及屈宋也吳騷不屈宋及不可謂騷則諸之辭選之精存乎

騷之脈之亡以爲其絕也久矣雖
然未絕也神而明之續之續騷于
楚何爲不在選而唐之續選于騷
柳文何爲不在律如則選與律
一騷也詞者律與選之餘也
者詞之變也以勝國之曲譜字之

詞世推宋詞元曲良非虛語曲可
續騷又誰曰不然溯涵虛子記元撰
曲者百八十七人其貫品題者八十有
二人董解元而下凡百五人品題稀
著而虞道園張伯雨楊鐵崖輩
甚至不得與巖矣微獨焉如巖

之也不嚴不足以存由之不嚴不足
以存騷也嗟乎三百篇之後有
騷矣之騷三百篇不亡也三百篇不
可亡騷(騷)安可亡也安可不集而宋如
之不可嚴且謂賦文之事歷代所有哉
朝宴奄可之集不勝傳而如之

一種似之者罕其傳矣之者恒不有其集間出一二新編類寄倚人賤工委巷數見之口吳士大夫錄而寓目王之者以散佚而未必見之者或濫觴而未必工語先王之寧風遺意也亦維騷者之恫也然則乎風以世

于樂府為良史而于三百篇告功陸居士號驂隱責其素發為吳騷之集所為錄而編而存而續而於茲又合而編也是編也詞翻白雪拍按紅兒譜合九宮音諧六律犯韻雖豔必黜越格雖巧

亦刪除蒼油腔陶汰都衆體趣
三閭而雅頌之寧論宋元諸公者
即昭明不輯選處極不裁律
可矣。
丁丑仲春
蘧綱上人許當世題

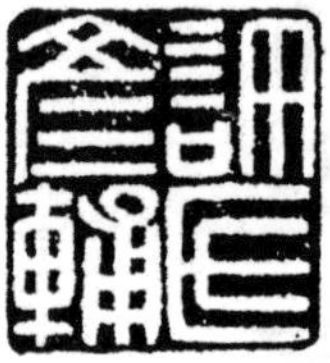

吳騷合編小序

曲之爲義也緣於心曲之微蕩漾盤折而幽情躍然故其言語文章別是一色從來稱擅場者引商刻羽娬媚天成每好句入人夢思咀之愈多味之不盡旨

古歙汪成甫鐫

哉其爲曲也然而曲有遇焉作家者流昔以長言單辭舒一時怨慂幸而後來人士起焉玄賞詠其曲恍見其人都雅雍容盈諸口角悠揚欸乃應於肺附作者謌者後先稱兩相知詎非曲

之遇歟爾乃遊腔襍拍信口謅闐咥笑溷場句讀割裂則曲之窮于唱也晚近淺俗見聞側陋且以香奩湮沒之詞目爲新裁以詞場手授之曲謬日附會則曲之窮於觀也甚至終日爭作

者誰行而於曲學爲指月或僞
攟他人之剩唾而於譜法爲操
戈則曲之窮于傳也若夫檀口
空餘蘗欄寂寞行雲夜冷珠串
無聲則曲之窮於景也至使梨
棗濫觴傳訛附影塵裳本色閒

齋新詞則曲之窮于遐也責在
我輩矣是集也余始博收之今
仲第旭初嚴覈之惟其詞弗計
其人課其法斯收其曲非他刻
汜汜比也丙子冬杪余病臥無
聊因手拈新本閱之快然破悶

而師齡姪知音以授諸梓越二
月梓成余喜書其端因撫卷曰
此於曲苑可謂無遺憾矣
崇禎丁丑春仲騷隱居士楚叔
父題於小墨墨居

塡詞訓

古士大夫聽琴瑟之音弗離於前性情之通絃歌而治吟詠可已歟客曰詞餘之興也多以情癖大抵皆深閨永巷春傷秋怨之語豈鬚眉學士所宜有況文辭之貴期於渾涵若夫雕心琢句柔脆纖巧披靡淫蕩非鼓吹之盛事曲固可廢也騷隱生曰嘻子陋矣尼山說詩不廢鄭衛聖世采風必及下里古之亂天下者必起於情種先壞而像刻不衷之說與使人而有情則士愛其緣女守其介而天下治矣且子亦知

夫曲之道乎心之精微人不可知靈竅隱深忽忽欲動名曰心曲曲也者達其心而爲言者也思致貴於綿渺辭語貴於迫切長門之詠宜於官樣而帶岑寂香閨之語宜于閨藏而饒綺麗倚門顰笑之聲務求纖媚而顧盼生姿學士騷人之賦須期慷慨而嘯歌不俗故詠春花勿牽秋月吟朝雨莫溷夜潮瑤臺玉砌要知雪部之套辭芳草輕烟總是郊原之泛句又如命題雜詠而直道本色則何取于寓言觸物興懷而雜景描摹則安在其即事甚且士女之吻無辨駢

合之意多乖文情斷續而忽入俚言筆致拘違而生吞成語又曲之最病者也乃若傳奇之曲與散套異傳奇有答白可以轉換而清曲則一線到底傳奇有介頭可以變調而清曲則一韻到底人第知傳奇中有嬉笑怒罵而不知散曲中亦有離合悲歡古傷逝惜別之詞一披咏之慨然欲淚者其情真也故曲不貴摭實而貴流麗不貴尖酸而貴博雅不貴剽襲而貴冶艷不貴熟爛而貴新生不貴文飾而貴真率肖吻不貴平敷而貴遒句走險有作者起必首肯吾言

矣客曰子之爲辭未必其無弊也乃執月旦以平章曲府司三寸管而低昂之得無過當乎居士曰人之妍媸人也不必其已之妍也雙聨具在存其論而已矣今月者之評次雖謂作家之一家史亦誰曰不可

作家偶評

騷賦者三百篇之變也騷賦難入樂而後有古樂府古樂府不入俗而後以唐絕句爲樂府絕句少宛轉而後有詞詞自金元入中國所用胡樂嘈雜緩急之間詞不能按乃更爲新聲以媚之作家如貫酸齋馬東籬輩咸富于學兼喜聲律擅一代之長昔稱宋詞元曲非虛語也大江以北漸染胡語而東南之士稍稍變體別爲南曲高則成氏赤幟一時以後南詞漸廣二家鼎峙大抵北主勁切雄壯南主清峭柔脆北字

多而調促促處見筋南字少而調緩緩處見眼各有三昧難以淺窺譬之同一師承而頓漸分受不可同日語也乃製曲者往往南襲北辭殊爲可笑今麗曲之最勝者以王實甫西廂壓卷日華（字君實、嘉興人　萬曆進士）翻之爲南時論頗弗取不知其翻變之巧頓能洗盡北習調協自然筆墨中之鑪冶非人官所易及也國初作者王子一輩十六人僅傳其名詞未及見後起如楊升菴（慎　正德　新都人）頗有才情所著有洞天玄記陶情樂府流膾人口但楊本蜀人調不甚諧而摘句多佳楊夫人（黃氏）亦饒才學最佳未如黃鶯兒積雨釀輕寒一曲字字絕佳楊別稱二詞俱不能勝固奇品也北人如王渼陂康對山關關佳致其後推山東李伯華伯華以傍妝臺百闋爲對山所欣賞今其詞尚在不足道所爲寶劍登壇記亦是改其鄉先輩之作固自平平而自負不淺弇州嘗譏其腔律未協非苟求也大聲金陵將家子所爲散套尚多借襲而才情亦淺然句字流麗可入絃索如三弄梅花一闋頗稱作家固知好句不在多得王舜耕西樓樂府較爲警健題贈亦善調謔而少風人之

藴籍常（倫，汾水人，正德）樓居自有樂府詞氣豪逸亦未當行荅繼宗（明卿）謝（榛，臨清人，嘉靖人）茂秦輩皆有逸韻尚居諸君之下徐（野君，士俊，仁和人，嘉靖）髯仙所爲樂府不能如大聲穩協而情思過之吳中以南曲名者祝希哲（允徒，嘉靖間）唐伯虎鄭（中伯，嘉靖，崑山，虛舟）若庸三人爲美京兆能爲大套富麗而多駁雜解元小詞纖雅絕倫鄭所爲玉玦記見其一斑它未足道明珠記乃陸天池采（采，長洲人，嘉靖，子之）所成者其兄（粲，子餘）浚明給事助之非一手之烈張伯起（鳳翼，長洲人）素喜梁伯龍（辰魚，崑山，皆嘉靖）博雅擅場吳越春秋善述史學而不平實且饒白工緻其見名筆第其失在冗長若江東白苧一辭讀之有學士風張伯起評以鄉地金聲殆非虛語與伯龍相後先者吾鄉之沈青門峻志未就托迹醉鄉其辭冶艷出俗韻致諧和入南聲之奧室矣伯起好古文辭尤一時名宿所爲紅拂傳奇俊逸秀朗雖論者有輕弱之嫌孰知意態修美如翔禽之羽毛正自難得陸南門張少谷語亦雋爽悠然八音中之有笙竽又何可少臨川學士旗鼓詞壇今玉茗堂諸曲爭膾人口其最者杜麗娘一劇上薄風騷下奪屈宋可與實甫西廂交勝獨其宮商半拗得再調協一番辭調兩到

詎非盛事歟惜乎其難之也越之耆赤水爲辭古艷曇花一記憤懣淒冷寓言立教具見婆心史叔考亦起越中心手精湛集中句多佳勝再得洗剔一開生面幾幾乎大雅矣至沈寧菴則究心精微羽翼譜法後學之南車也苕中吳載伯凌初成詞林之彥淸言楚楚頗爲欽稚載伯與吳門王伯穀媲美雅善往還酬和成都雅可觀近之佳者如龍子猶王伯良卜大荒諸君皆生動圓轉領異取新脉接金荃聲傳三籟而袁鳧公奉譜嚴整辭韻恬和西樓一帙卽能引用

譜書以暢己欲言筆端之有慧識者 九宮詞譜爲聲音滯義精作者流通之息公與有力焉近之奇崛者有范香令結構玄暢可追元人 步武惜乎不永一時絕嘆邇來作手輩出雖未必盡稱擅場要多才藻新聲旖旎爛映發奈何傳誦未徧不能擇其尤者彙諸聲歌茲枯論亦弗槩及茅舉諸所見者偶一評騭焉爾

此書為余十八歲時應院试日考棚中所購忽忽已二十年矣頃移家都中隆福寺街有此帙索值至三十金余得此時僅番佛二尊而已二十年中書價变遷且如是遑論世事哉白雪齋主為楚

叔文張氏驟隱其別字也書中所收散套皆明中葉傳誦諸作圖畫為項南洲筆尤為名貴舊為張小林藏小林葉暨吾鄉蠡墅鎮人卷四末頁有小林一跋雖書法潦草而亦見天趣所云世經堂書肆者其主人侯姓書肆中最通目錄之學以首背隆於坊賈因有侯駝子之名其子業暨號子魁今為懸壺高司空巷此書有秘戲兩幅亦本皆劃去意為小林所撏撦者殊覺可惜書中屢引太霞新奏蓋龍子猶墨憨齋所選散套也小林得此在咸豐戊午距余得書以至今日已一百二十二年矣己未季冬之望長洲吳梅跋

案咸豐戊午至今己未推算實亦不過六十二年余誤一週甲

曲譜辯

心感物而成聲聲逐方而生變音之所以分南北也君子審聲以知音而律呂辨矣古律數九九八十一以爲宮三分而損益之以爲徵商羽角此律呂之大較也復之一陽始生律應黃鐘遞而推之爲大呂太簇夾鐘姑洗仲呂蕤賓林鐘夷則南呂無射應鐘凡十有二律所謂氣始于長至周而復生聖人合符節調鐘律造度數繇此其邇也樂府之制字辨陰陽調協平亥然未有合十二律而自爲神明者今按之曲

譜大抵壽張附會者什之八九夷攷其調僅有黃鐘南呂二家諸如仙呂大石越調雙調之名不知從何根據如謂合十二律別有流暢則此黃鐘南呂猶然十二律中之名義也而曲譜竟別刱爲仙呂諸調又何說耶如仍出諸十二律則宮調之首當敘自黃鐘始今南曲譜獨首仙呂又何說耶且也黃鐘爲宮不必更有正宮之名矣夾鐘姑洗無射應鐘爲羽不必更有羽調之名矣夷則爲商不必更有商調之名矣今譜之有宮商羽三調而又無角徵二聲獨何歟說

者曰軒轅之法及今淼矣此流傳者之殘闕也但不知仙呂大石越調雙調究竟自誰伊始余竊揣之意者十二律之仲呂或因仲字與中字仙字相肖遂誤傳爲中呂仙呂乎又或呂字與石字相似遂誤傳大呂爲大石乎善讀書者盡信不如其無則九宮譜之謂亦大然則何以處曲乎曰曲者末世之音也必訛古以泥今迂矣曲者俳優之事也因戲以爲戲得矣然則譜可廢乎曰因其道而治之適于自然亦已無憾何必不譜也蓋九九者天地自然之數也律呂因此

諸腔調餘此出譬如今日此曲之腔唱爲彼曲聽者
笑之謂其失於自然也然則按譜而作之亦按譜而
唱和之期暢血氣心知之性而發喜怒哀樂之常斯
已矣況譜法之妙專在乎仄間寃心乃學之而陋焉
者僅如其字數逐句櫛比而所以平仄之故卒置弗
講似此者如土偶人止還其頭面手足而心靈變動
毫弗之有於譜奚當焉及學之而失焉者每一套中
以此調之過曲忽接他調譬諸冬行夏令南走北轅
即名家大手遑遑有之於譜又奚裨焉昔人歌蕤賓

之聲而景風至震易水之響而白虹貫所云動已而
天地應焉聲音之感豈其微哉古之譚曲者曰曲如
折止如槀木曲之道思過半矣客曰今子伯仲之選
本其于譜書固兢兢矣而重翻此義可謂世行世法
我行我法者夫余然其言遂併識之

情癡寤言

今之所稱多情皆其匿情而獵名者也悲憤調笑慰勞寒暄若伶人之搬演落場即已掉臂去之轉眼秦越聚散摶沙耳膠漆反手耳其爲辭也浮游不衷必多雕琢虛僞之氣欲自掩飾之而不能心之與聲有異致乎人之有生也眉宇現乎外血性注乎內情緣煎其中豈惟兒女子雖彼豪傑通儒豁達自負者無所感則已一涉此途行且靡心就其維繫誰能漠然而遊於溝瀆之鄉哉說者曰至人處靜不枯處動不

喧居塵出塵無縛無解而且柳生其肘右鳥巢其頂門此亦冥忘狀冢之極矣今乃以萍蹤浪迹愁病銷磨痴矣哉噫彼之忘情割河而斬筏者人而至焉者也我非至人第求其至於人夫人情種也人而無情不至於人矣曷望其至人乎情之爲物也役耳目易神理忘晦明廢饑寒窮九州越八荒穿金石動天地率百物生可以生死可以死死可以生生可以死死又可以不死生又可以忘生遠遠近近悠悠漾漾杳弗知其所之而處此者之無聊也借詩書以閑攝之

筆墨罄寫之歌詠條暢之按拍紆遲之律呂鏗定之
俾飄飖者返其居鬱沉者達其志漸而濃郁者幾於
淡豈非宅神育性之術歟余于情識淡然矣挾一眞
率有情之侶與俱不勝其嚮往也間一拂情又不能
達心以就世法人亦多笑之弗顧也自率其情已矣
世路之間有疑吾情者緣之艱也吾無庸彊其信斯
情者我輩亦能癡焉但問一腔熱血所當酬者幾人
耳信乎意氣之感也卒然中之形影皆憐靜焉思之
夢魂亦淚鍾情也夫傷心也夫此其所以癡也如是

以爲情而情止矣如是之情以爲歌詠聲音而歌詠聲音止矣

凡例

一往時選刻吳騷若無善本所行者惟南詞韻選及遴奇振雅諸俗刻所載清曲大畧雷同韻選一書又爲金湯韻學而設僅惟小令散見而套數則落落晨星余特蒐諸殘簡蠹餘零星舊本及各家文集中積漸羅致雖已刻者有三集而所見之詞不啻廣矣其後坊刻效步似亦栢梁餘材武昌剩竹耳終不能出其範圍也是集更彙精美用公見聞

一是集崇錄麗情散曲惟幽期歡會惜別傷離之
詞得以與選其他雜詠佳篇俱俟續刻槩弗闌
收
一歌先審調不知何調則音律亂矣茲選照譜所
序宮調分列各宮正曲居先犯調列後而南北
調以及北調附列終篇俾知音者便於查覈
一詞膓佳句多矣然於曲體及用韻濶亂者雖美
不貴且以彙帙未備漫爲寬收者有之茲則逐
套研窮必求合譜依韻而越格者弗錄也其名

人好辭坊刻訛傳者悉照原本釐正有偶爲出入而填詞佳麗不忍棄置者必謬爲斟酌琢瑕留瑜爲宮商之全璧云

一曲中襯貼字眼須辨虛實非死案也俗刻臆分大小自稱當行徒貽識者之笑兹則細加理會辨晰微渺殊費苦心

一字有鼻音脣音舌音喉音齒音及撮口開口閉口等音不能盡標即詞隱先生北腔閉口而閉口侵尋監咸廉纖三韻亦明載中州韻書知音

者按之自能一一分辨茲帙止圖去上兩聲其餘槩不蛇足

一是選但衡其曲不問其人間有姓氏相傳確乎有據者則一一還其故物有託名誤刻而素無可考者亦不敢妄爲翻案獲罪前人蓋移珠借玉亦屬詞林常有之事如從此椎鼓必盡起地下而問之矣奚其能況詞以人重人以詞重寧任其咎以畱闕文之遺意可也若云杜撰則吾豈敢

一好曲熟爛人吻儘有爲人唱壞者是編刻去泛
濫近補新聲名曰合編雖依據舊本而仍寓增
删之法非依様葫蘆已也
一各調逐詞或有疑案或有原評附載編中以供
詞林鼓吹以佐譜書法輪
一清曲中圖像自吳騷始非悦俗也古云詩中畫
畫中詩開卷適情自覺逸趣是刻計出相若干
幅奇巧極工較原本各自剏畫以見心思之異
一坊選傳奇諸曲頗爲厭人嗣茲刻後當另出手

眼用公玄賞

一是選雖未空羣亦稱鴻覽其他名家著作雖多一時不能悉購俟容廣蒐以成續刻倘得聞風辱教猶拜明賜

白雪齋主人謹識

魏良輔曲律

○一擇具最難聲色豈能兼備但得沙喉響潤發于丹田者自能耐久若啓口拗劣尖纖沉鬱自非質料勿枉費力

○一初學先從引發其聲響次辨別其字面又次理正其腔調不可混雜强記以亂規格如學集賢賓只唱集賢賓學桂枝香只唱桂枝香久久成熟移宮換呂自然貫串

○一五音以四聲爲主四聲不得其宜則五音廢矣

平上去入。逐一考究。務得中正。如或苟且舛譌。聲調自乖。雖具繞梁。終不足取。其或上聲扭做平聲。去聲混作入聲。交付不明。皆做腔賣弄之故。知者辨之。

一生曲貴虛心玩味。如長腔要圓活流動。不可太長。短腔要簡徑找絕。不可太短。至如過腔接字。乃關鎖之地。有遲速不同。要穩重嚴肅。如見大賓之狀。

○一拍迺曲之餘全在板眼分明如迎頭板隨字而

下。徹板隨腔而下。絕板腔盡而下。有迎頭慣打徹板絕板混連下一字迎頭者。此皆不能調平仄之故也。

○曲須要唱出各樣曲名理趣。宋元人自有體式如玉芙蓉。玉交枝。玉山供。不是路。要馳驟。針線箱。黃鶯兒。江頭金桂。要規矩。二郎神。集賢賓。月雲高。念奴嬌序。刷子序。要抑揚。撲燈蛾。紅繡鞋。麻婆子。雖疾而無腔。然而板眼自在。妙在下得勻淨。

一雙疊字上兩字接上腔下兩字稍離下腔如字字錦思思想想心心念念又如素帶兒他生得齊齊整整裊裊停停之類至單疊字比雙疊字不同全在頓挫輕便如尾犯序一旦冷清清之類要抑揚於此演繹方得意味

一清唱俗語謂之冷板凳不比戲場藉鑼鼓之勢全要閒雅整肅清俊溫潤其有專于磨擬腔調而不顧板眼又有專主板眼而不審腔調二者病則一般惟腔與板兩工者乃爲上乘至如面

上發紅。喉間筋露。搖頭擺足。起立不常。此自關人器品。雖無與于曲之工。然去此方爲盡善。

○一北曲以遒勁爲主。南曲以宛轉爲主。各有不同。至于北曲之絃索。南曲之鼓板。猶方圓之必資於規矩。其歸重一也。故唱北曲而精于呆骨朶村里迓鼓胡十八。南曲而精于二郎神香徧滿集賢賓鶯啼序。如打破兩重禪關。餘皆迎刃而解矣。

一北曲與南曲大相懸絕。有磨調絃索調之分。北曲字多而調促。促處見筋。故詞情多而聲情少。南曲字少而調緩。緩處見眼。故詞情少而聲情多。北力在絃索。宜和歌。故氣易粗。南力在磨調。宜獨奏。故氣易弱。近有絃索唱作磨調。又有南曲配入絃索。誠為方底圓蓋。亦坐中無周郎耳。

一曲有三絕。字清為一絕。腔純為二絕。板正為三絕。

一曲有兩不雜。南曲不可雜北腔。北曲不可雜南字。

一曲有五不可。不可高。不可低。不可重。不可輕。不可自做主張。

一曲有五難。開口難。出字難。過腔難。低難。轉收入鼻音難。

一曲有兩不辨。不知音者不可與之辨。不好者不可與之辨。

一聽曲不可喧譁。聽其吐字。板眼。過腔得宜。方可辨其工拙。不可以喉音清亮。便爲擊節稱賞。大抵矩度既正。巧繇熟生。非假師傳。寔關天授。

一絲竹管絃。與人聲本自諧合。故其音律自有正調。簫管以尺工儷詞。曲猶琴之勾剔。以度詩歌也。今人不知探討其中義理。强相應和。以音之高而湊曲之高。以音之低而湊曲之低。反足淆亂正聲。殊爲聒耳。陳可琴云。簫有九不吹。不入調。非作家。唱不定音。不正。常換調。腔不滿。字不足。成羣唱。人不靜。皆不可吹。正有鑒於此也。

曲律終

白雪齋選訂樂府吳騷合編目次

第一卷

仙呂

醉扶歸

梨花小雨　閨思　杜圻山

○紅樓繡枋　贈徐瓊英　梁少白　辰魚見上方

寃家聚首　代周非月賦別阿嬋　袁鳧公　籜庵見上方　于令

相思無底　擬閨人托雁傳情　沈青門

桂枝香

江東月暮　詠輕雲贈丁秋卿　梁少白

青燈殘夜　旅思　屠長卿　赤水見上方　隆

江南春蚕　擬劉采春寄元微之　王伯良　又字玉陽　驥德　有方諸樂府

今宵何夕　歡會　王百穀

爲你爲你　閨思　　王寵雅宜

恨殺恨殺　閨情　　古調

二犯傍粧臺

恨匆匆　旅思　　馮海浮

景淒涼　春閨　　周秋汀

睡朦朧　閨情　　張伯起

二犯桂枝香

○韶光似酒　閨思各韻計四闋　　陳大聲　文衡山　震孟

羽調

正宮

記當時 四時閨怨　秦復菴 時雍亳州人

心悒怏 懷蕭楚雲　楊升菴 慎

憶年時 寄顧姬　王伯良

一玉芙蓉

殘紅水上飄 四時閨思　集舊

紅綃臉上桃 青樓聯恨　卜大荒 世臣

普天樂

一建安不河陽貌 秋閨　沈青門 仕字懋學 仁和

○四時歡千金笑 閨怨　李東陽

○閉月容羞花貌　秋閨　　文三橋彭

片時情三生債　旅懷　　沈伯英

白練序

西風裏　暮秋閨怨　　梁少白

沉吟久　春閨　　關九思

相思擔　秋閨　　陳石塿

殘月令　離情　　沈子勺瓚（詞隱仲弟　定）

剔子帶芙蓉

○雲雨阻巫峽　四時閨怨　　劉東生

白眼看青天　酬穆內史　　王伯良

紅粉命常薄　閨怨　　張旭初

刷子序　有破齊陣引

○蒲酒啓瑶席　歲時傷逝　　梁少白

錦庭樂

○破兒餘梳兒單　春怨　　陳秋碧

傾杯賞芙蓉

隔墻新月上梅花　冬閨　　史叔考

一徑春風轉秋斜　寄趙姬　　王伯良

大石

念奴嬌序

麗譙落月　閨思　王西樓　磐

賽觀音

怕着羞添着恨　麗情　王伯良

吳騷合編卷一目次終

白雪齋選訂樂府吳騷合編卷之一

騷隱居士　選輯

虎林　半嶺道人　刪訂

仙呂

○題情　翻北詞已刻　沈伯英

醉扶歸　用尤侯韻

效于飛鴛侶、天生就。須知他前生福慧、是雙修。看星河織女、共牽牛。信三生夙帳、原非謬。這些兒都是舊、根蹤。似驂鸞仙子騎鯨友。

皁羅袍

標格江梅清秀更腰肢宮樣纖嫋輕柔尊前皓齒映明眸星前窗意符深呪廻風舞燕盈盈畫樓隔花鶯語聲聲好逑當杯暗覺春心逗

月上海棠 以下仙呂入雙調

恩未休良緣不讓桃源後關情是丁香枝上荳蔻稍頭笑生花夜月芙蓉眉着暈春風楊柳冰絃奏怕并州孤客綠鬢先秋

江兒水

莫學章臺柳、崎岐盼遠遊等閒折入他人手、結就雙雙鴛鴦、扣歌翻楚楚、琵琶、裀錦帳重茵、消受把個眼去眉來、傳得箇天長地久。

僥僥令

當壚心既有題柱志須酬莫向風塵中奔走只合向碧紗窗將凤顛勾。

尾聲

休嗟當日難成就兩下終須是匹儔着甚多情先自愁。

項南洲

○題情 原稿未刻　　李文瀾

醉扶歸 用蕭豪韻

聽敲窗夜雨知多少。好一似愁人枕上淚珠拋。熱急急心頭惡根苗。看他兜底都來到。可憐虛度可憐宵。乾磣磣恨把牙尖咬。

江兒水 仙呂入雙調

點點燈花落。沉沉香篆消。冷清清幾陣風兒峭。滴溜溜雙眼何曾合。悶懨懨一枕愁腔調。想想思思顛倒。幾轉柔腸。一寸寸因他斷了。

皁羅袍

夢到。何曾身到。兩頭單落得意緒。心交口調滋味實難消。眼傳恩愛知多少。東墻咫尺。相逢路遙。西廂何處。相思病熬。哄心腸沾得些些兒好。

杳柳娘 南呂

看青青柳條。看青青柳條。牽人懷抱。韶華肯逐東風老。這些些兒掛着。那些些兒掛着。見景兒便偷瞧。借名兒將他叫。把絲桐謾調。把絲桐謾調。孤鸞自嘲。離鴻誰噪。

尾聲

花星一點空相照銀漢何時渡鵲橋把今世裡姻緣心上了

○紀情　未刻　沈伯明

醉扶歸　用家麻韻

嘗萍浮一葉相逢乍感天教兩意不爭差露水兒恩情且休誇風波倒惹動天來大只道章臺弱柳受攀踏卻是餘桃苦被人驚訝

步步嬌　以下俱仙呂入雙調

只得強赴徵歌向侯門下請不滿風流假躲他喬[illegible]衙落得詞場添個佳話留戀着那冤家明朝恐把孤帆駕

園林好

悵逢時情同聚沙恨別時似風飄墜瓦何日似當年初嫁應不久泛星槎須記取信非遐

江兒水

慘淡杯中月夢裏笳情堪腸斷人堪畫層疊疊離愁難禁架絮叨叨私語無休罷念念心心牽掛把袂相

看只落得如癡似啞

玉交枝

更深殘蠟亂紛紛情珠似麻青衫共濕眞堪咤料非關淚落琵琶一個翻身抱石欲待學浣紗一個險些又逐江魚化驚得那病休文腰圍瘦加忺殺了快袁宏休誇倚馬

川撥棹

情非要賸今宵天一涯霎時間片片風花霎時間片片風花悶重逢怕香塵路雜溻相思怎療他怪林稍

嘹嚦批

尾聲

染谿咫尺非巫峽，只索把剩雲相逗，認取桃源萬樹
霞。

○題情　白雪齋改本　　張伯起

醉扶歸　用先天韻　伯起名鳳翼長洲人嘉靖甲子舉人有處實堂集及灌園紅拂諸記

相思欲見渾難見，顛倒是別時懊恨見時憐。記當初
未見悵無緣，及至見來又結就愁千件。見和不見奈
何天，怕見了又心兒軟。

步步嬌　以下兩曲俱仙呂入雙調

夢遶高唐還留戀雲雨俄收卷似遺香在枕邊寂寞空餘舊時歌扇盼不到羅袖擁香肩看雙星移入參商殿。

江兒水

陌上朝來遇阻萬千隔簾凝望梨花面泪眼迷離渾如茜東西岐路天來遠聚散人生飛電難割捨萬種思量無數迎人嬌倩

園林好

留一盼清波欲濺覷半面明霞欲燃何事蕭郎偃蹇
似線斷驄風蔦空悲哽夜啼猿

五供養

歸來月轉看屋梁落影幛薄風牽舊愁流水急新恨
海潮煎轆轤輾轉敲心碎砧聲一片只索向瓶檠下
影兒前衾裯泪冷寂無言

僥僥令 雙調

膠絃聲歷落燼篆思聯綿加上些雨雨風風來厮纏
吟不盡寫離愁千丈箋

尾聲

心頭掌上提干遍恍忽地耳邊嬌顫又是何處鶯聲溜的圓。

春寒夜午月浸花釀情種逗人吟懷走筆愁重未堪斲句倦來聊展名詞雖意態固已擅場奈韻律尚多失譜遂爾一時翻變庶乎全調諧和誰則曰削方而爲圓我惟知引竹而肉云爾　騷隱

○閨思　白雪齋藏本已刻　杜圻山

八聲甘州　用魚模韻

梨花小雨向紅窗支枕香冷燻爐因他禁害添那幾

多愁苦别來望裡書頓杳憶到逢時夢也無怎教竟

常如皓月同孤

前腔 換頭

慵梳任塵蒙奩鏡不禁這香殘粉冷脂枯相思無那

偏值鳥啼春暮非關薄倖心如石只是紅顏命合孤

可堪畫梁間燕子將雛

不是路

風景蕭疎花自飄零鳥自呼 可惜顏非故腰枝一撚

瘦將無恨模糊緣陰芳草天涯路目斷王孫隔楚巫愁無數白頭吟吟就情空訴覓成擔悞竟成擔悞

掉角兒序

連理枝無端剗鋤並頭花等閒摧仳比目魚鸞將剖分交頸鴛反成單獨只落得冷瑤琴閒錦瑟空珠戶魂斷長途相思孽債前生罪業難道是參商作祟偏照奴奴

前腔

雲濤箋怕將恨書青霜毫筆難描離緒强擡身幾度思

畫堂撥置一番延佇多因是好中間愛生嗔惹成怨

將奴輕負無憑無據何時問渠怎能勾魂入倩女飛

渡衡廬

尾聲

見時漫把前情訴訴時節怕又多閒語總是煩惱如

山從教一笑除

○贈徐瓊英 已刻　　梁少白

八聲甘州 用江陽韻

紅樓繡榜記風情千古猶見徐娘儀容聰俊月下素

蛾相倣宮眉秀靨難描寫高髻雲鬟別樣妝堪憐向
廻廊花底端相

前腔 換頭

念年少綺羅生長見家常偏愛淺淡衣裳清歌飛動
天外野雲飀颺門盈海內文章客斷盡江南刺史腸
等閒將羇人惹却他鄉

不是路

何處劉郎引入桃源一徑長忙投訪見樓臺卷畫舞
鸞鳳珮鏗鏘分明閬苑飛仙降邂逅相將入洞房魂

飄蕩似鴛鴦一對相偎傍踏翻春浪踏翻春浪

解三醒

生受處錦衾羅帳促急裡蝶趂蜂狂燈兒剔處歡心暢東風橫燕鶯忙亂茸茸林花着雨胭脂濕軟怯怯水荇牽風翠帶長金鈎上看烏雲撒處旖旎聞香

前腔

頃刻間霧迷青嶂霎時裡花落河陽長亭一曲陽關唱青衫袖淚千行最堪憐半江露滴芙蓉冷恰正是兩岸風淒楊柳黄情難忘總笑歌深處獨自淒涼

尾聲

姑蘇東望添惆悵一騎重看入豫章却指金陵是故鄉

○代周非月賦別阿蟬 原稿刻 袁鳧公

八聲甘州 用尤侯韻

寃家聚首似漆膠相和魚水相投嬌歡寄愛沒遮攔媚眼橫秋魂銷反覺少話頭心醉頻思酒政斜放情繡幃中緊抱濃勾

皁羅袍

自昇平康馳驟。並無人像你放誕風流。可憐香影吟
青樓做了水中萍草風中柳。攢眉强笑牽衣許留昨
宵。今曉何年罷休。因此上傾心願締鸞凰偶。

羽調排歌

鼎貯名香筵集勝流。證盟心怎顧嬌羞。誰知平地起
戈矛。頓聳香兒逐楚囚。焚鴛被破彩舟。江城不許韻
人遊。羨你多瀟洒咱也不怨尤。兩人從此偕綢繆。

掉角兒序

到來朝偏教逗遛。重歡聚知音羣友。垂虹亭月色勝

前載花舟酒香依舊問歸期生離兒話兒兜眉兒皺可勝僝僽緊携素手相看淚眼恨不得月波深處並頭消受

尾聲

暫分離應不久只在我梁溪歸後與你端午金閨再和酬

○擬聞人托鴈寄情　陜刻　沈青門

八聲甘州　用齊微韻

相思無底這幾時教人獨守香閨從他別後香沒數

行書寄多管是戀新忘舊好因此上將人輕棄遺
癡何日裏得展愁眉

前腔 換頭

情衷訴與誰枉教奴暗數歸期空庭徙倚落得腸斷
魂離關山阻隔人又遠瘦損香肌他怎知凄其候不
過月轉花移

不是路

默默傷悲忽聽得南來一雁兒聲嘹嚦呀呀哀怨過
樓西夢驚回慌忙推枕披衣起囑付靈禽莫浪飛煩

稍遲半函都是燈前淚許多愁味許多愁味

解三醒

蓼花灘莫教濡滯蘆荻岸擇伴相依趁西風一翅翔天際薄倖客蚤尋覔總利名韁鎖身縈繫難道春色全無隴上梅相煩累向那人傳示切莫遲遲

前腔

聞他在漢南湘水又道在渭北燕磯又道在長安客裏曾留跡又道在錦江渭總天涯浪蕩無消息望你逐處追尋他極蚤歸相煩累若得箇上林佳信不負

逢伊

尾聲

枉叮嚀空歡喜驀地騰騰飛起卻是南柯一覺裏

○詠輕雲贈王秋卿 巳刻 梁少白

蘇臺王子小字輕雲性度通明風儀秀整高歌淩乎白雪游藝擅乎朱絃同心學結似西陵松下之蘊香翰盈箋類萬里橋邊之薛北溪華子構之草堂心聲頓起于筵前目色横生乎燈下悵僅人之難得感勝會之不常遂構斯篇以應

來命。

桂枝香　用魚模韻

江東日暮亂山無數天邊長鎖春陰嶺畔半橫秋樹陽臺夢紆陽臺夢紆襄王凝竚朝行何處暮天低迷都南來雁關河未有書

不是路

曾上衡廬見一片飛來萬里餘蒼梧遠飄揚蹤跡定如路崎嶇重重隔斷瀟湘渚何日乘風下九嶷休回顧翠華不見迷歸路幾時還遇幾時還遇

長拍

舞按霓裳舞按霓裳歌停金縷送月來被人間留住。這是蓬宮仙馭軃雲鬟遊戲天衢盡駕絳綃輿引飛瓊控兩兩彩鸞歸去幾見瑤池傳曲遠更洞戶笑人迓問仙姬何事冒雨濕羅襦又不知春山鎖翠何日還舒。

短拍

襯煖成綿襯煖成綿催寒做雨伴茶煙細繞簷隅何處是郎居任千里隨風遍訪無拘曾渡秋風汾水至

今共塞非雁空飛。

尾聲

山中住原無侶數被清風引去終有日歸來返故閭。

○旅思　白雪齋藏本　屠長卿

桂枝香　用車遮韻

青燈殘夜蕭條旅舍夢雖多燕約鶯期事已共水流花謝聽敲窗敗葉敲窗敗葉助人凄切杳難休歇鼓鐘絕無限衾裯冷難消心上熱

是路

情種些些打起愁城千萬疊無明夜懨懨心病費關折去程賒一鞭風雨和殘雪信斷衡陽鴻雁帖真拋撇作期自分成吳越我淚痕似血你寸心似鐵

長拍

合浦珠分合浦珠分延平劍別問雙環是何時節向君平問卜怕人知不敢明說枉自把錢跌想五行八字合受顛蹶有限眉峯無限恨青衫上淚成血急整片帆歸也又恐怕江寒夜靜空載明月

短拍

歸思迷離、。歸思迷離、。愁心哽咽、。怪家山霧黯雲遮、。驚夢怕啼鴂、。逢驛使隴梅徒折、。冷落繡幃香煖、。恨陽關當日唱三疊、。

尾聲

好姻緣、。多磨滅、。料應是前生欠、者、。把玳瑁簪燒羅帕裂、。

○擬劉采春寄元微之 有引未刻 王伯良

唐劉采春故越州名妓微之刺郡時眷愛甚至。故白樂天誚微之詩有因循歸未得不是戀鱸

魚之句註言戀鏡湖春色耳蓋指采春也采春
雅善樂府所作羅嗊諸曲迄今猶豔人口余意
微之去郡後采春當有詞寄戲爲擬此

桂枝香 用蕭豪韻

江南春早天涯人杳倩他驛使無憑寄去梅花不到
斷腸來幾朝斷腸來幾朝朱絃新調紅牋殘稿恨難
拋燕寢香仍在旗亭樹正嬌

不是路

翠寫丹描萬壑千巖畫之一條山陰道風流太守自才

豪喜相挑你玉皇案畔司花巧神女峯頭待雨喬多
顛倒尊前誤采春紅小淺顰輕笑淺顰輕笑

長拍

鏡水鱸魚鏡水鱸魚吳堤芳草白傅謾勞狂誚西陵
話別憶消魂幾度江潮淚點在冰綃怨使君薄倖負
人年少吟就聲聲羅嗊曲酬不得可憐宵無奈蝶煩
蜂惱把金釵買卜零亂雲翹

短拍

司馬情多司馬情多青衫恨悄問何人此夜江皐叟

百穀名穉登一字百固長洲人太學生有晉陵金昌燕市荊溪松檀諸集

錦水寄風騷一字字校書詩好我怎比崔娘妖嬈尺素千里托迴飈

尾聲

算前期眞難料菖蒲花謝五雲高春色青青總易消

○歡會 原稿已刻

王百穀

桂枝香 用蕭豪韻

百穀舊宅在長春巷有馬湘蘭畫壁

今宵何夕月痕初照等閒間一見尤難乎白地兩邊奏巧向燈前見他向燈前見他似夢中來到何曾心料怕人瞧驚臉兒紅還白熱心兒火樣燒

不是路

緣分難消欲笑含羞分外嬌低低道道恐教虛度可憐宵夜迢遥陽臺分得春多少剩雨殘雲別樣嬌怕燈兒照枕邊力怯鶯聲俏半推半要半推半要

長拍

點簡風流點簡風流綢繆懷抱霎時間粉褪香消雙眉鎖黛瘦東風一捻纖腰慵整翠雲翹怕分離寸寸柔腸如絞有約明朝窗外月休洩漏這根苗守盟言心上牢牢奈情翻意覆生出波濤

緩拍

珮縮雙鸞珮縮雙鸞情同匹鳥願青青柳色常嬌珍護最長條怕攀折添人煩惱怎效連枝並蒂竟生生世世莫相拋

尾聲

暗中天地焚香告切莫犯參商酉昴羨煞雙吹碧玉簫

○辛未秋日紅橋庄居詠遇 已刻　梁少白

二犯月兒高 用先天韻

月冷青松殿秋閒廢宮苑偃息長林下滿壁生蒼蘚瘦比黃花猶意那人面○西窗亂葉清霜剪宋玉悲深淒涼紈扇○天別恨已三年○除非是再續鸞膠方歸舊庭院按此曲中一段犯五更轉後一段似犯梧葉兒姑闕之

桂枝香

秋鴻已遠春鶯方囀誰知路入花溪有箇人兒曾見似東風柳條似東風柳條翠翹花顫玉鈿雲碾這寬牽一似韋郎妾來尋未了緣

不是路

何處嬋娟生在人間二十年眞堪羨漁郎來趂武陵源信難傳重門慣臥金鈴犬欲叩花房未敢前閒遊遍數來簾底尋方便盡憑春燕盡憑春燕

羽調排歌

白羽霜中丹楓水邊輕橈駕破蒼煙石橋西下響潺湲楊柳風牽隔岸船笙歌擁花燭然青鸞飛下入文軒秋波烱翠黛鮮分明花洞小書仙

皂羅袍

門掩謝家深院見紋衾低展繡帳高褰燈花碎結畫

重门慵卧掌铃犬报
吁花看未醒否

屏前麝蘭晴裊金鑪片繡簾風細深情未言紗窗月冷芳心暗牽女牛對說長生殿

大勝樂 南呂勝或作聖

入巫陽雨戀雲纏幕全遮燈半剪瓊津煖潤春羅薦濃香沁軟紅鑴這些時莊周曉夢迷蝴蝶可正是望帝春心托杜鵑嬌痴腼腆儘平生供養痛惜深憐

解三酲 俗以醒誤

從今去春風茂苑從今去夜月文園從今去天桃栽向河陽縣從今去玉種藍田從今去壺觴歲歲郊西

葦從今去簫鼓年年湖上船常留戀謝人間離別苦
你永遠團圓
掉角兒序
念芳卿心專意堅儘他人海移山變任飄流水宿風
餐料隨處姓楊名顯休問咱走西秦留南越住東吳
居北海天涯踏遍腳根無綫杖頭有錢稱遨遊名山
洞府定是神仙
尾聲
而今始信蓬萊淺青鳥爭喻海外箋會看取同赴[illegible]

池小洞天。

○閨怨　已刻　　馮海浮

二犯月兒高　用康青韻

紅粉多薄命青春爭殘景人去瑤臺怨花落胭脂冷

孃娜腰圍強把繡裙整○弓鞋淺印淺印殘紅徑正

當三月韶光倚闌干無限情○情離別幾曾經○再

來扯住衣衫影兒般不離形

前腔

月缺重門靜香消漏聲殘手托芙蓉面背立梧桐影

瘦損伶仃越覷越孤另○抽身轉入轉入房櫳冷
一個畫影圖形半明不滅燈○燈花燭杳無憑○一
似靈鵲虛囂喜珠兒不志誠

前腔　用魚模韻

小院香風過疎簾淡煙鎖舞倦垂楊線飄盡梨花朵
懊恨今春偏把俺折挫○腰肢瘦小瘦小些兒個見
了憔悴形骸心疼殺可意哥○哥喬樣兒詑誰學○
一似皓月難圓減容光夜夜磨

前腔　用先天韻

歌罷桃花扇粧殘翠雲鈿恨壓春山重淚滴秋波淺寶鏡塵蒙何曾覩顏面○知他那里那里那里貪歡宴撇的我短嘆長吁聲聲祝願天○天靈感鑒盟言○不記的耳畔叮嚀枕頭兒作證見

前腔 用侵尋韻

玉宇明河淺瓊窗朔風凜展轉蝴蝶夢寂寞鴛鴦錦閣淚汪汪長夜捱孤枕○從來不似不似不似今番甚都因一片閒愁生跎查惱碎心○心害得奴臨侵○欲待再不思量急煎煎怎樣禁

前腔　用江陽韻

夜夜閒惆悵時時細思想纔離心窩內又到眉尖上萬恨千愁還不了寃業帳○多情自古自古多魔障空有翠繞珠圍總不如薄倖郎○郎遊蕩在何方○縱有野草閒花虛飄飄不四行

前腔　用皆來韻

門外雕鞍邁鏡中玉容改扯碎合歡被剪斷同心帶鳳拆鸞分端的是愁無耐○那人流落流落天涯外悄沒一紙書傳空留下啞謎兒猜○猜沒亂殺女裙

釵。○但得箇信息眞實來不來也放懷。

前腔 用家麻韻

遠樹寒蟾下長空凍雪撒風動流蘇帳冷透淩波襪夢兒裏溫存熱突突都是假○醒來提着提着名兒罵 兜的俺惱亂柔腸悶煞人只爲他○他一迸的使虛花○ 想的他一腳兒回來實心不到家

○閨情 白雪齋藏本 唐六如

二犯月兒高 用先天韻

爐鎖垂楊院日長繡簾捲人靜鶯聲細花落重門掩

薄倖不來羞覩雕梁燕○天涯咫尺情人遠只怕路
阻藍橋無繇得見○天天若肯週全除是夢裏相逢
把衷腸訴一遍

前腔　用魚模韻

院落飄紅雨輕風蕩飛絮有限春將盡無計留春住
倚遍闌干默默悄無語○雲山萬疊空凝佇薄倖喬
才知他在何處○書欲待付雙魚○只怕水漲湘潭
飄泊迷前路

前腔　用尤侯韻

慢折長亭柳情濃怕分手欲上雕鞍去扯住羅衫袖問道歸期端的是甚時候○回言未卜奇和偶懶唱陽關慵斟别酒○酒除是你消愁○只怕酒醉還醒愁來又依舊

前腔 用東鍾韻

髻亂香雲擁冷落釵頭鳳塵暗菱花鏡香斷芙蓉夢月黯黄昏孤燈有誰共○心頭紅淚如泉湧愁聽畫角頻吹梅花三弄○風休吹入繡簾中○只怕惱亂離懷把相思的病越重

○四時閨怨　秦刻

張伯瑜

月雲高　用先天韻

（月兒高）意中人遠、芳魂逐飛燕、幾度登樓望雲山一片。忽聽啼鵑、又惹得添哀怨。那桃花驚落盡、看芍藥都開遍。（渡江雲）不禁紅淚涓涓、如湧泉。那些個春宵人月圓。

前腔

晝長人倦、徙倚閒庭院。綠映堦前、樹空鶯時變。荳蔻蘭湯、愁解那雙金釧。寂寞殺、珊瑚枕辜負了齊紈扇。

○奈寸寸愁腸似火然怎能似雙鴛淚裏眠

前腔

井梧風剪落葉驚籬犬疑是他來到忙拋針線迎出羅幃悄沒個人兒見空立遍蒼苔露紅映那桃花面

○望斷歸鞭信杳然羞覷雙星夜夜懸

前腔

歎寒香篆永漏催銀箭怕入芙蓉帳和誰留戀兀坐憒騰騰墮落梅花鈿繡被裏愁滋味嚥口內涎空嚥

○願你一夜春風返故園早離道藍關馬不前

○題情 已刻　　王百穀

月雲高 用寒山韻

別情無限新愁怎消遣沒奈何分恩愛恐教人輕折散。一寸柔腸兩下裏相縈絆去則終須去見也還須見。只怕燈下佳期難上難枕上相思山外山。

前腔 用皆來韻

吞聲寧耐欲說誰偢倸惹得傍人笑招着他們催喜冤家分定㦸纏害去不去心頭恨了不了生前債○教我心上黃連苦自推却似鎖上門兒推不開。

○紀情 巳部　　梁少白

月雲高 用蕭豪韻

夢魂初覺閒庭弄花草見蛺蝶雙雙戲恐不住將闌干靠誰料喬才隔窗兒覷着了他背地將腰摟我不合回身抱○雖是平日秋波眼上招畢竟是桃花命裏遭

前腔 用先天韻

匆匆得見姻緣分還淺又不曾通音信難道便相留戀誰料娘行霎時間寸心軟他既把終身許我豈恐

稱深盟變。（）雖是只得郵亭一夜眠。止竟藍橋宿世緣。

按此調犯渡江雲與琵琶記路途勞頓曲相合。但渡江雲本調竟無可考。而江東白苧內遂註此曲爲月兒高。不知月兒高本調惟荊釵記錦香亭所有者是。餘皆犯別調者。今改正附識。

○閨思 巳刻 王雅宜

醉羅歌 用眞文韻

醉扶歸 爲你爲你擔愁悶。悞我悞我正青春。細雨梨

花又黃昏深院誰揪問（皁羅袍）如癡如醉也只爲君沒情沒緒也只爲君歸期暗數春纖困（排歌）書空寄病有因何時得見意中人

前腔

懶整懶整鳥雲鬢寬褪寬褪繡羅裙默默無言暗消魂人遠天涯近○粉容憔悴也只爲君桃腮消減也只爲君緣何一向無音信○江東樹渭北雲斷腸人盼斷腸人

前腔

暗憶暗憶多聰俊減盡減盡舊精神懨懨骨立病纏身空受淒涼遲〇黄花羞對也只為君金樽慵倒也只為君淚珠暗把鮫綃揾〇更初靜月半昏誰憐獨坐可憐人〇

前腔

畫閣畫閣挑燈盡翠被翠被共誰溫千里無端一時分悶得俺無投奔〇塵蒙鸞鏡也只為君寒生鴛枕也只為君離愁萬種縈方寸〇風敲戶雪舞筠折梅空寄隴頭人

○閨情 已刻　　古調

醉羅歌 用皆來韻

恨殺恨殺無情客跌綻跌綻鳳頭鞋追悔當初一念乖着甚將他愛○燈前月下偎肩並腮羅幃錦帳鸞和鳳諧把恩情一旦沉東海○懨懨害病怎捱負心的天自有安排 犯調註前

前腔

鎮日鎮日愁無奈不放不放翠眉開記得河橋分袂來一别經多載○想應别惹閒花野草腰肢瘦損晨

昏怎捱薄情不記得盟言在○新人態似舊懷可愛
舊人曾也向新來

前腔

想起想起春風態無月無日放心懷雁杳魚沉信不來愁蹙雙眉黛○是我緣慳分淺非你情薄意乖阻隔天南地北空自朝思暮猜爲前生做下今生債○愁嗔臆淚滿腮幾時得歡容笑口到粧臺

前腔

素粧素粧花不戴禁步禁步戶慵開因甚多心胡亂

猜枉把奴嗔怪，非是相交一日，和你綢繆數載。青樓芳心別付，難免靈融隘失。如何輕拆雙鴛帶。○真和假難盡解，請君一一想將來。

○旅思 原稿巳刻　　馮海浮

二犯傍粧臺　用東鍾韻

〔傍粧臺頭〕首至四　恨匆匆，一鞭行色片時中。到今空記着臨行話，想不起別時容。〔八聲甘州〕六至七　影孤惟有青燈對夢斷，纔知翠被空。八至九〔皁羅袍〕合　穿簾夜月敲窗曉風。〔傍粧臺尾〕末句　可憐清冷各西東。

前腔

恨重重不知何處覓芳踪多應淚似三江水愁鎖着兩眉峯〇香銷蘭麝金爐冷玉減腰圍繡帶鬆合前

不是路

見面無從廢寢忘飡百事慵添悲痛漫將心事問長空怪飄蓬巫山十二連雲凍路隔三千棹未通擔愁重枕邊少箇風流種錦衾誰共錦衾誰共

棹角兒序

漸零零堦前候蛩鳴咽咽角聲三弄嘹嚦嚦樓頭塞

鴻韻悠悠曉鐘聲動好一似怨孤鸞傷別鶴共哀猿泣麟悲鳳（合）淒涼萬種雲山幾重望鄉關天涯咫尺別恨無窮

前腔

想當初情投意濃到如今一場春夢甫能勾那步步追隨只落得（疊）心心珍重多應是前生緣今生債命中該將人磨弄（合前）

尾聲

望天公憐哀控願歸去滕王風送看取春時栊翠紅

○春閨 白雪齋改本　　周秋汀

二犯傍粧臺 用江陽韻

傍粧臺頭 景淒涼。畫眉人去深院鎖。垂楊花影亂闌干上。蝶翅舞砌臺傍。八聲甘州 歡娛自古嫌春短。寂寞須知怯漏長。皂羅袍 琴絃難整。釵頭倦粧。傍粧臺尾 懨懨不覺減容光。

前腔 換頭

無明無夜費思量。小窗寂靜空鎖綉鴛鴦。雲鬟髻因愁重。珠迸眼為春傷。○荼蘼架底曾携手芍藥亭前

記舉觴○良辰虛度牽衣掛裳○幾回魂夢赴高唐

不是路

竚立西廂俛首無言欲斷腸空惆悵音書不寄兩三
行暗心傷語惺惺空憶臨岐謊熱歎歎分開雙鳳凰
誰承望經年冷落銷金帳・共誰說向共誰說向

皁角兒序

損香肌藥宜甚方消紅頰成何模樣對蒼天暗祝歸
期卜金錢卦成无妄莫不是殢天涯淹旅邸負新愛
落在誰傍從他別後巫山渺茫想那人何時得至慰

我愁腸。

前腔

下羅幃慵臨象牀空繡被寒侵斗帳困騰騰夢中見他急煎煎鷄聲頻唱想只是鳳緣慳孤辰犯合分離雲迷樓障相思萬種牽纏怎當歎光陰愁中蕭瑟病裏郎當。

尾聲

倚朱樓空凝望何處覓天涯浪蕩總有音書憑誰遠寄將。

○儷四時閨情 改舊未刻　張伯起

二犯傍粧臺 用東鍾韻

（傍粧臺頭）睡朦朧。牀空鴛被羞䙡繡芙蓉。翠翹欹雀雲撩亂。文刺枕墮釵橫。（八聲甘州）青樓珠箔天涯遠。隔斷巫山幾萬重。（皁羅袍）畫廊人靜難禁曉風。（傍粧臺尾）飛紅冉冉度簾櫳。

前腔

畫橋東垂楊堤畔曾繫玉花驄。自從那日分離後心上事不言中○荷花空對嬌如面紈扇常拋恨欲同

○王孫何處雙魚怎通○玉簫聲斷彩雲空

前腔

數流螢見天河牛女又早巧相逢舞殘清露涼金縷樓十二倩誰同○霜毫欲寫離情寄羞緘鸞箋托雁鴻○更闌香燼閒凭繡籠○秋聲何處響梧桐

前腔

獸爐紅葡萄春煖曾記捧金鍾醉尋羅袖籠香冷鴛玉粟響玲瓏○風流回首渾如夢愁對寒山峯外峯○閨幃徙倚相思轉濃○梅花枝上雪初融

四時閨思　巳刻　　文衡山

二犯桂枝香　用尤侯韻

【桂枝香】韶光似酒，醉花酬柳。無端幾許閒愁，博得芳容消瘦。【四時花】休休，雲情雨意無盡頭。三春有約君記否，倚闌干凝翠眸。【皁羅袍】鶯兒有偶，燕兒有儔。青鸞孤影，教人可羞。【桂枝香】薄倖今何在，空餘燕子樓。

前腔　用東鐘韻

池塘晝永，薰風南送。春纖倦撥冰絃，懶把霜紈搖動。

○眉峯堆堆積積，愁萬重。相思往事如夢中，好姻緣

難再逢○竹搖翡翠榴噴火紅荷香飄馥槐陰正濃

○自別東君後金罇幾度空

前腔 用庚青韻

月圓氷鏡疎星耿耿良宵院落沉沉立盡梧桐清影

○傷情西風敗葉和雁聲銀屏冷落秋漸零數歸期

心牆驚○紅蓮落盡黃花滿庭登高望遠雲山幾層

○恨煞音書斷空將別淚傾

前腔 用東鍾韻

鴛鴦霜重翠衾寒擁香腮半貼珊瑚一線紅香將凍

良宵院落沉沉立
共搖梧桐清影

洪國良刻

○萍蹤飄楊柳絮心性同無些準繩西復東海山盟都是空○窗兒外月壁兒裏風相思滋味這回轉濃○正好朦朧睡寒山寺巳鐘

昔人謂仙呂一宮止與羽調互用與道宮高平相出入其餘宮調無令竄入固格律之嚴不僅爲北詞而設若夫清新綿邈猶屬本宮三昧審音辨字察調桉拍究心此道者其留意夫 嶺樵

羽調

○題情 原稿未刻　　沈伯英

四季花 用齊微韻

秋雨過空堦正人初靜更初轉漸覺淒其人兒多應傍着珊枕低剛剛等咱纔睡時便覺相將投夢思若伊無意誰教夢逃多情又若得見稀抵死恨着伊恰恨罷又添縈繫更憐你笑你愁你想你寬你

集賢賓 以下俱商調

當初戲語說別離道伊口是心非誰料濃歡猶未幾恁下得霎時拋棄千央萬浼但只願休忘前誓我雖瘦矣再拚得爲伊憔悴

簇林鶯 譜中向無此體係新增亦妥

簇御林 舒新恨問後期結同心念未灰滿掌珠淚和身嬬

黃鶯兒 他一聲聲似推一聲聲似依回頭漫道多寬慰意兒遞眼兒轉處牆裏覷人癡

琥珀貓兒墜

浮萍心性只得強禁持任你風波千丈起到頭心性沒那移猜疑又怕潑水難收絃斷難醫

水紅花

想應前世負虧伊得便宜今生償抵勸伊從此發慈

悲莫心灰他生重會免使得如咱今日看簷下雨淋

漓點點滴滴不差池也囉

尾聲

過犯多權休罪回嗔作喜且相偎看取風流涎臉皮

○寒宵閨怨 巳刻 梁少白

四季花 用庚青韻

寒氣透疎櫺正窗兒破風兒猛背却殘燈愁聽高梧

露滴秋夜清南山子規啼一聲月沉西門喈扃曉鐘

何處噹噹五更薰籠坐倚直到明輾轉夢不成鄰雞

便一生孤另奈香冷篆冷衾冷枕冷人冷

集賢賓　以下俱商調

六朝舊事心暗評消磨多少豪英朱雀烏衣留話柄記潘妃蓮步輕盈景陽宮井多半是佳人薄命須自省盡沉沒暮天鴻影

簇林鶯

簇御林還懷舊自幼齡播蜚聲滿上京長于歷遍諸名勝黃鶯兒鳳凰臺晝登燕子磯曉行莫愁湖上春風艇總無憑年華已矣何事負平生

琥珀猫兒墜

而今憔悴獨對短檠燈眼見凄涼逢暮景當初誰道又恁零丁牽情羞覩那烏鵲橋邊匹配雙星

水紅花

海盟山誓信非輕數年庚今成畫餅一生寂寞竟何曾問儒卿甘心誰等挽不住夕陽西下遣不去恨難平這場恩怨不分明也囉

尾聲

歎行藏頻看鏡大都塵世總浮萍不如淨掃花前學

誦經。

○題情 未刻　　沈伯明

四季花 用監咸韻

驀地把愁擔這人兒厚情兒久索付空談懷慙因何聽却無影讒從前枉奴囑再三悄思量情怎堪只見朝霞明湛不覺烟浮暮嵐黃昏又蚤月映潭此景更誰貪盡日裏愁填心坎看容慘鏡慘燈慘影慘神慘

集賢賓 巳下俱商調

人來寄語如寄緘早說向喃喃聞道郎心仍未減問

何時重把春衫重鋪鳳毯試兩下將情盡訴心下感

撲簌地淚流紅醃

簇林鶯

【簇御林】音雖至情未諳假和真奴怎探問伊何輕

撇賺【黃鶯兒】爲甚的花兒懶簪髮兒亂鬖病懨懨獨

自難立站意兒憨情癡未解留得眼兒饞

琥珀猫兒墜

紫騮嘶處小徑忽停驂不信郎來問再三從前積恨

總休銜情酬須不似昔日參差面北眉南

水紅花

兩情和洽蜜兒甘淚猶含願得盟山無憾閒花斜畔莫貪萋有神監還教敢敢再休使奴心牽掛病得我骨如巖思思不斷似春蠶也囉

尾聲

感恩情來時暫正晴煙漠漠柳珍珍抵多少昨夜相思雲樹遶

按四季花一曲讚語與四時花大同小異首句似犯黃鶯兒次句與第八九句似阜羅袍餘皆

金鳳釵也後未詳

○閨思 白雪齋改刻　　秦氷漁

勝如花 用庚青韻

從他去春幾更愁積層巒疊嶺記當初春煖銀屏到如今鴛衾夜冷對好景越添心病 合 愁殺人薰籠短檠哄殺人燈花鵲聲雨意雲情記陽臺夢醒怎推得這般孤另背人前淚雨頻傾背人前淚雨頻傾

前腔

是奴差別不慣經肯容易分開交頸到如今并墜銀

旎又似那風飄斷梗怎下得虧心短倖 合前

三段子 以下俱黃鍾

相思已成瘦腰肢憑誰肉疼盟言似冰語臨岐憑誰證明幾回强把衷腸硬怎禁驀地心無定空對柔條惜嬌鶯

滴溜子 又名雙聲疊韻又名鬭雙雞

春歸去春歸去紅殘絲零人何處人何處雲迷霧凝寄書鱗鴻難倩天長一樣箋欲言難罄拚一箇癡心終身耐等

尾聲

連宵夢裏迎歸艇，醒後依然影共形。何處覓鸞膠續舊盟。

羽調較各宮標目爲數畧隘，而名作亦復晨星。今擇其尤者悉以公世，隋珠趙璧，正不以多多見勝也。至若勝如花一套，原稿用韻多訛，特爲删潤，與墨憨齋攺本各異，敢爾錄刻，以政知音。

正宮

○泊舟蓮河懷清源胡姬　刻依藏稿　史叔考

錦纏道 用先天韻

滿帆風吹不動離人小船愁重滯江邊盼相思盈盈一水春天我想他別時言行時淚眼不繇人恨逃離意馬心猿說甚好姻緣這破題兒是椰愁花怨江關信杳然何日覩桃花人面怕夢魂依舊在清源

普天樂

記銀燈思金釧鳳鸞交蜂蝶戀青樓上錦帳瑶筵今番做怨鶴啼鵑是當初偶然再休題抱琵琶醉我花前

古輪臺 中呂

艷陽天隔墻花裏弄鞦韆笑歌聲逐孤蓬轉空教留戀簡點春風何處是舊家庭院燕解離愁鶯知別怨一雙雙宛轉語江煙又恍是傳消寄息把佳期約在明年怕只怕一灣流水半窗殘月幾村漁火寂寞對愁眠難消遣一瓶香煮惠山泉

尾聲

彩雲望斷春波遠欲寄鸞箋沒便只落得魂斷長途泣杜鵑

○四時閨思　白雪齋藏本未刻　　秦復菴

錦纏道　用江陽韻

記當時舞春風團花綵裳誰折散錦鴛鴦到如今空
教夢遶瀟湘又一番梛拖金脂凝海棠怎當得步花
陰珮冷琳琅燕子語雙雙猛聽得神魂飄漾花飛怯
露涼又蚕是杜鵑枝上一聲聲叫月斷人腸

前腔

好時光過池庭風牽翠香惆悵日初長最苦是菖蒲
空泛瓊漿我待學赤澄澄葵心向陽怎當他亂飄飄

栁絮顛狂驀地汗沾裳羞見那綵鴛池傍蛙聲鬧蕪塘又蚤是菱歌溪上一聲聲唱月渡滄浪

前腔

透紗窗淅零零金飈薦涼掩衾聽寒蛩最難禁是連宵月轉廻廊他本是映歌樓當年皓光今日箇照長門偏惹恓惶桂窻冷霓裳好似我孤單一樣寒砧夜搗霜又蚤是孤鴻天上一聲聲帶月過衡陽

前腔

傍銀缸朔風嚴寒威怎當一晌淚千行况又是漫空

雪蘆飄揚想當時擁鴛衾春生象牀今月裏抱寒裯萬種淒涼澹月襯梅粧數更籌越添悽愴高唐夢渺茫又蚤是鄰鷄陌上一聲聲啼月恨更長

古輪臺 中呂

景堪傷苔封錦砌篆消香四時風月和誰賞參商兩兩況盼斷歸鞭把那前言都謊虛度花朝慵登月厭苦相思兀自懶梳粧凝眸癡望奠程途水遠山長音沉魚帖歌閒鳳管酒闌瓊席展轉費思量粧樓上殘絨慵理綉鴛鴦

前腔 換頭

那當怎得愁除與病强撇得我影隻形單心慵意懶春盡秋闌荏苒間韶光反掌怕那桃李春風反增悽愴又見梧桐秋雨滴空廊孤燈相傍儘題情寄却莫囊薄衾孤帳如何捱得淒風苦雨此際總徬徨想是前生帳斷頭寃債合相償

尾聲

巫峽迷藍橋漲隔斷處紅塵千丈只落得煙樹蒼蒼雲水茫

○春日懷蕭楚雲 已刻　　楊升菴

綿纏道 用江陽韻

心悒怏縮不就相思地長何處訪蕭娘珮環聲依然只在湘江怎能勾趁東風騎着鳳凰一霎時喜相逢齊赴高唐雲雨謾商量把角門兒輕輕關上縱巫山路渺茫也落得一宵歡暢怕鐘聲隱隱到書窗

太師引 南呂換頭

桃花依舊遮門巷問紅顏今宵那方特地把瑤琴三弄又誰知淚雨千行拋琴把淚空惆悵聊聽取玉樓

歌唱芭蕉影紛紛過牆只道是那人轉向迴廊

三學士 南呂

春風不管人廝障偏來助我悽惶花枝縱有他嬌様那裏有軟玉溫柔不斷香若使他和花共語花便肯寫書降

解三酲 仙呂

不繇人眠思夢想不繇人割肚牽腸枉臨風對月生悽愴舒鬱藹寫詩章不繇人啼哀怨枕到天兒亮不繇人駡椰嗔花送夕陽誰相傍把離愁當酒心坎爲

觴

尾聲

伴青燈梅花帳今夜歡娛罷講怕離恨牽人夜未央

○寄顧姬 未刻　　王伯良

錦纏道 用尤侯韻

憶年時掛青帆向維揚浪遊正值錦塘秋夜沉沉花明一葉蘭舟恰正是載西施迴棹浦口又做箇醉胡姬移席壚頭窈窕更風流書窗外月明如畫何妨作逗遛笑吟吟墮鬆金鈿怪起來紅日在簾鈎

普天樂

軟腰肢纖纖娜巧梳粧亭亭藕相偎傍日日朱樓繼鳥絲百幅難酬鸞斑鳳儔似美人圖簇擁觥籌

古輪臺 中呂

恨悠悠一江煙水動離愁斷腸人別黃昏後不堪回首嘆紫馬青裘又作長安生受花落銀牀西風依舊天涯月色共燈篝照人消瘦休再提酒盞茶甌軟綃淚點香囊詩句依然在手信阻白蘋洲卿知否悔將書劍覓封侯

尾聲

病兒沉心兒陡莫教朱字閒箜篌爲你百鍊剛成繞
指柔

○四時閨思　白雪齋集明詞家小令　李日華

玉芙蓉　用蕭豪韻

殘紅水上飄青杏枝頭小這些時眉兒淡了誰描因
春帶得愁來到春去緣何愁未消人別後山遙水遙
我爲他數歸期劃損掠兒梢

前腔　金白嶼

長天暑未消長恨何時了玉肌柔教人憐冰綃粧
臺羞對花如貌舞袖空憐柳似腰人不到把盟香暗
燒這些時粉香消常是淚珠拋

前腔　　沈青門

風簾玉馬敲月砌沙雞鬧冷清清繡閣人孤難熬無
憑又是燈花爆嬾上牙牀三門遭姻緣事全無下稍
想應他卜金錢偏遇反吟爻

前腔　　張伯起

餘香冷絳綃半壁燈光照繡衾兒獨擁夜寒偏峭春

臺寂寞爐空繞何日雙吹碧玉簫關情處噹噹麗譙
猛可的熱心腸一陣水兒澆
按前三曲傳之舊本即韻選亦所並載後得伯
起一闋以成全璧而三籟擬之抑未之見耶
○青樓貽恨（翻北詞）　卜大荒
玉芙蓉（用尤侯韻）
紅舒臉上桃翠展眉間柳覻肌溶粉膩鬢嚲雲稠纖
長帶綰金雙鉺窄小鞋兒玉半鉤腰圍瘦約珍珠臂
鞲據手標止應蘭館貯嬌羞

刷子序

歌臺賺留經年。嬌取酒解茶甌。昨夜新歡。今朝又阻行舟。溫柔這里。紅裙翠袖。那壁廂蜂迷蝶瘦。緊摩弄火熱心腸。業障兒無了無休。

雁來紅　後三句疑即朱奴兒今照譜刻

（雁過沙）機關勸你收拾身崖。莫更投迷魂洞。作急丟開手。陷人坑。趁蚤悔回首。色褪三春不耐秋。（紅娘子）宜速構雲深小樓。是葉落歸根候。

朱奴兒

愛潭女詞憐少遊凝通叔便趕蘇舟兩箇奇緣意表兜没添貨偶然厮就纔消受鸞衾鳳裯再肯向鳴珂走

尾聲無

○擬秋閨思 已刻

沈青門

普天樂 用蕭豪韻

建安才河陽貌從一去無消耗別時節淑景初交驀又把芳時過了三秋易到可意人難到觸處無端感懊惱對瑤琴玉軫愁調向粧臺蛾眉怕掃寄香囊繡字慵挑

雁過聲 換頭

無聊況復奏巧風和雨縱橫亂飄時間鐵馬偏聒噪

夢難成恨難熬更漏聲將盡譙鼓頻敲鷄聲偏又早

寒蛩抵死在窗前吟不繇愁悶攢更直到曉

傾盃序 換頭

蕭條爽漸生暑漸消塞雁又呀呀呌看滿徑黃花滿

林紅葉滿地蒼苔教人心碎難熬有誰憐瘦損幾番

夢醒謝君人杳不繇人怨殺暮暮更朝朝

玉芙蓉

無若王珮搖恍惚銀瓶掉好姻緣做了有下無稍峯
頭夢斷難尋到洞口花開怎再邀把些恩和愛如鹽
在浪淘奈江深沒底枉徒勞

小桃紅 與越調異或作山桃犯誤

寫罷了回文稿打疊起離鴻調愁來待把菱花照須
知不似前春好畫圖雖肯應難肖傍丹青時復擎管
羞描

尾聲

孤辰限會自招于飛願天應作保且把香來着意燒

○閨怨 巳刻　　　　　　　　李東陽

普天樂 用蕭豪韻

四時歡千金笑從別後多顛倒俺這里玉減香消他那里珠圍翠遶婚姻簿內想是名不到却把鸞釵輕分了恨滔滔水遠山遙悶沉沉雲深霧杳困騰騰使人夢斷魂勞

雁過聲 換頭

終朝院落靜悄徒然有龍香鳳膏鸞笙象管無心好萬般愁萬般焦這悶懷端的教我難熬空教人易老

那堪暮雨在簷前閑比着俺淚珠兒兀自少

傾盃序 換頭

思着掩翠屏冷絳綃寂寞向誰行告捱幾個黃昏幾番明月幾度青燈和我知道把歸期暗數寶釵劃損畫欄雕巧不繫人罵他薄倖絮叨叨

玉芙蓉

金爐香篆消寶鏡塵埋了數歸期一夕又還一朝薄衾小簟殘鐘曉暮雨梨花魂暗消這相思病多應是命招莫人心不比往來潮

小桃紅 詁前

誤約在蓬萊島冷落了巫山廟愁雲怨雨羞花貌粉神不似當初好雁來鴻去無消耗委實的教我心癢難揉

尾聲

凄涼運莫再交但願得鸞鳳會蚤莫待秋霜染鬢毛

○秋閨 已刻 文三橋

普天樂 用蕭豪韻

閉月容羞花貌這幾月懶把菱花照憶多才山長水

遙恨薄倖無沉雁杳謾割景傷懷抱更有甚心情將這蛾眉掃最苦是明月初高最苦是殘燈倦挑最苦是隣鷄又蚤報曉

雁過聲

愁聽落葉亂攪愁聽那砧聲夜敲愁聽四壁寒蛩鬧更愁聽雁嘹嘹愁聽窗外雨灑芭蕉愁聽枝上鳥因他幾樣將人惱瘦得奴腰肢兒兀自小

傾杯序

前宵鶯燕友鳳鸞交帳裡相偎靠好似悞入桃源喜

逢洛浦樂賦高唐怎知您別詞把離情謾簡這回抛
比舊時多少算將來愁腸積累似山高

玉芙蓉

垂楊映畫橋小逕迷芳草急回頭又登秋滿林皁薄
情遠別長安道目斷關河魂暗消懨懨病甚藥可調
只恐怕芳容不比昔年嬌

小桃紅 正前

黙黙地將人瞞魆魆地催人老巴巴望眼空凝眺一
腔愁緒何時了這般滋味有誰知道幾時得使我離

垂楊映疊橋小徑迷芳草
項南洲作

却煎熬

尾聲

星前月下頻頻禱願莫負深盟舊好記取江心把舵牢

○旅懷 未刻

普天樂 用皆來韻

沈伯英

尼時情三生債只索自寧心待眼見得病骨如柴臺負了春光如海當初取次出鶯花寨生把連枝輕拆解海山盟霧鎖雲埋翠紅鄉天寬地窄蒞蘭芳枉教

結佩縈懷

雁過聲 換頭

難排分遣半載吳山阻音塵漸乖那堪客路在吳山外漫行行自裁劃這別離也是天遣神差將生辰還細擺花星兀自多妨礙想着俺這孤辰何日改

傾盃序 換頭

天涯旅病身且自捱怕景物供愁態奈幾曲江流幾重煙樹幾帶雲山添我無賴租憂風怨雨綠愁紅慘夢勞魂駭怎能彀月明千里故　來

玉芙蓉

西湖想鏡臺鷲嶺思眉黛看蘓堤沙軟好印弓鞋綠茸茸蔓草疑羅帶紅灼灼夭桃憶粉腮當杯處倩鸎懷好開又猛隨他風雨上心來

小桃紅 與越調異

應接到山陰側蚤似有巫峯在無端又渡曹娥界錢塘郡望空煙霧染溪何處紆襟帶急回頭猶恐迷了天台

尾聲

看武夷歸蘭舟載無人知是荔枝來莫做楊妃病齒猜

按普天樂首曲南九宮譜原以拜月亭叫得我氣全無一闋爲則而歷觀名作其格律大都不能一一合法且向復名之曰四塊玉豈别有所本而相沿乃爾耶然據其腔調頗爲合拍或亦可以備新增一體云 嶺樵漫筆

○暮秋閨怨 已刻 梁少白

白練序 用尤侯韻

西風裏見點點昏鴉渡遠洲斜陽外景色不堪回首寒鴉謾倚樓奈極目天涯無盡頭消魂久淒涼水國敗荷衰柳

醉太平　換頭

羅袖琵琶半掩是當年夜泊月冷江州虛窗別館難消受暮雲時候嬌羞腰圍寬褪不宜秋問青鏡爲誰憔瘦海盟山咒都隨一江逝水東流

白練序　換頭

凝眸古渡頭雲帆暮收牽情處錯認幾人歸舟悠悠

事已休總欲致音書何處投空追究光陰似昔故人

非舊

醉太平　換頭

颼颼霜林鬬葉更風簷驟馬夜堂飛漏白雲天遠那

堪值雁南歸後衾裯空餘蘭麝伴薰篝冷落了竊香

韓壽背燈獨守寒生兎窟露凝鴛鴦

尾聲

荏苒韶華逢九九登臨怕惹無限愁在開遍黃花不

○春閨 巳刻 關九思

白練序 用尤侯韻

沉吟久奈好事從來不自繇芙蓉帳未煖又還分手別後萬種愁歎曉夢高唐一旦休添僝僽梨花細雨燕子空樓

醉太平 換頭

消瘦纖腰似柳近日來絳裙羅帶頻收這閒衾易冷人在小小雲兜堪羞淒淒孤影伴燈籌倚窗下倦聽銀漏這般時候三更酒醒滿枕春愁

白練序　換頭

綢繆兩配偶同歡共遊在花陰下渾如閬苑瀛洲無繇願再酬恨飛絮飄香逐水流成拋逗叙分鳳拆線斷銀鉤

醉太平　換頭

悠悠青霄路有奈繡鞍歸晚山盟虛謬似分開雙璧不能勾兩情依舊頻修銀箋錦字到皇州一字字淚痕霑透甚時相守金杯滿酌豔曲低謳

尾聲

思沉沉如病酒又值落紅時候何日春歸十二樓

○秋閨　巳刻　陳石坡

白練序　用歌戈韻

相思擔漸覺道秋來重許多憔悴了解語一枝花朶重山壓翠蛾千萬結愁腸無奈何偏難過黃昏細雨綠窗深鎖

醉太平　換頭

追慕丰姿俊雅在奴行未敢醉酒高歌燈前枕畔幾回把花月消磨灾魔平空鴛帳起風波比目魚雙雙

分破忽驚秋暮魂斷空階敗葉殘荷

白練序 換頭

香雲散一窩臨鸞懶梳思君恨堆積起塞海填河光陰暗裏過霜落梧桐冷鳳窠今宵個玉釵敲斷有誰知我

醉太平 換頭

衣炎簾虛桂影見水簾輕碾碧天秋破清光到處不知他那里如何嗟哦淒涼最是月中娥也得照客窗人臥紅綃淚抹桃花萬點玉珠千顆

尾聲

對青燈呆呆坐煙冷金爐獸火愁聽寒蛩聲絮聒

○離情 未刻 沈子勺

白練序 用尤侯韻

殘月冷漸一帶清輝下小樓金風剪陡覺露凝雙袖寒岫供遠愁見銀漢參横雲半浮飛清漏隔林曉鏡對籠纖柳

醉太平 換頭

孱憋相思一點蚤離愁幾許撮上心頭花殘酒剩[illegible]

委付舊日風流悠悠知他何日續緣勾且生受一場消瘦望天還佑發來的願兒怎肯輕丟

尾聲

嘆從來多掣肘冤家到底常聚頭方信恩情險處久

按白練序首曲起句應用四字自窺青眼一曲盛行作者遂爾相習無復遵譜矣可爲三嘆

○四時閨怨 已刻 劉東生

刷子帶芙蓉 用家麻韻

刷子序 雲雨阻巫峽傷情斷腸人在天涯奈錦字無

憑虛度荏苒韶華嗟呀春晝永朱扉低亞東風靜湘簾閒掛〔玉芙蓉〕黛眉懶畫軃宮鴉鬢邊斜插小桃花

山漁燈犯　或作虞美人犯誤

燕將雛逢初夏夢斷華胥風弄簷馬閒扃了刺繡窗紗香消寶鴨那人在何處貪歡耍空辜負沉李浮瓜寂寞厭池塘鬧蛙庭院日長偏憐我枕簟上夜涼不見他多嬌姹愛風流俊雅〔玉芙蓉〕倚欄干猛思容貌勝荷花

普天帶芙蓉

普天樂 景淒涼人瀟灑何日把雙鸞跨怨薄情空寄魚箋相思句盡續琵琶彈粉淚濕香羅帕腊鼓歸期在斜陽下動離情征雁呀呀無奈心事轉加

玉芙蓉 對西風病容憔悴似黃花

朱奴插芙蓉

朱奴兒 漸迤遲寒侵繡幙蚤頃刻雪迷了鴛尾自恨今生分緣寡紅爐畔共誰閒話詁啼罷花香腮悶加

玉芙蓉 膽瓶中懶添雪水浸梅花

尾聲

重相見兩意佳憶昔傳杯弄笋斷送了年時四季花

○酬魏郡穆仲裕內史 未刻

王伯良

刷子帶芙蓉 用先天韻

刷子序 白眼看青天悠悠更誰同調相憐嘆流水高山空斷幾疊危弦金鞭趁紫馬黃河一線覓燕市紅雲半面 王芙蓉 狗屠不見筑翩翩酒人只有穆生賢

雁過聲 換頭

西園好風似剪初調笑紅牙錦箋當場肝胆投一片度新聲夜忩眠儘輸他燈下花前杯傳不放淺春朝

秋夕成留戀何處他鄉路幾千

傾杯序 換頭

難言別青門倍黯然看日近長安遠誰在江東誰居渭北一縷春蠶兩處絲牽若青沉雲雁信疎驛使五年似撚幾番家夢魂中斷月明邊

玉芙蓉

你回車又入燕我鼓棹重逢阮喜今宵浮萍兩葉仍圓綈袍不負青霜院彩筆還驕滌水篇多歡忭狂來似顛那問他酒卮狼籍濕紅箋

小桃紅 眞義調 異

想光陰如飛電悵聚散眞蓬轉尊前莫怪頻酬勸黄
塵海水須臾變滋滋後會鶯和燕恁高歌一笑當筵

一撮棹

紅兒唱粉頰有餘妍青童舞羅袖倍蹁躚簷雪色宛
轉照金鈿盃旑穪旖旎散朱軒提如意憑將兩眉展
重剪燭攜手話姻緣

尾聲

玉爐香銅壺箭此際謾消繾綣聽取新聲字字妍

○擬閨怨 未刻　　張旭初

刷子帶芙蓉 用歌戈韻

【刷子序】紅粉命常薄，笙臺人去，聲斷雁和雙魚無覓。難將幽恨傳他，蹉跎香篆冷，空餘繡幕，眉峯鎖，羞添翠螺。【玉芙蓉】愁無那，傷心事多，任雲鬟零落鬢兒矬。

錦芙蓉

【錦纏道】枉存活，若躭承，愁緣病，魔魂夢遶關河，徑連宵依希桃上摩挲，道別後東西飄泊，何曾把恩情放過。【玉芙蓉】珠彈顆青衫証，依恨鴛鴦鸞拆鳳凰窩。

普天帶芙蓉

（普天樂）鏡中華心頭火到惹得枯腸餓悔前春容易拋離到如今恩愛隨波（玉芙蓉）成躭閣砂鍋打破端的是妬花蜂蝶暗撥唆

朱奴插芙蓉

（朱奴兒）載花船懸誰把舵斷絃琴隨他結果今生寬債前生作空到處求神拜佛（玉芙蓉）鞋尖破多因恨磨幾番兒向蒼苔跌足濕淩波

尾聲

花事闌春將暮怕炎威薰蒸難過況復秋冬怎奈何

○歲時傷逝 已刻　　梁少白

破齊陣引 用齊微韻

破陣子 帳掩香消人去房空珮冷魂歸 齊天樂 桃李

春風梧桐秋雨又是經年隔歲 破陣子尾 忽憶綢繆

生前阻夢見依稀覺後疑人問長別離

刷子序 端陽

蒲酒啓瑤席雕梁燕兒依舊雙棲奈物是人非一旦

雲鬟空閨堪悲香艾裊囊釵已委蘭湯膩臂絲曾繫

夜涼時倚醉窗西半闌殘月曉鶯啼

普天帶芙蓉　七夕

【普天樂】鵲橋橫雙星會玉露潤金風細羨誰家乞巧樓頭笑聲喧玉倚香偎恨獨拆鴛鴦對日斷盈盈銀河水牽牛郎織女夫妻任天長團圞到底　玉芙蓉尾笑人間爲何途路便拋離

尾犯序　中秋　中呂

長空一鏡輝萬里全無一點纖翳此夜當年記雙凭玉肌徘倚空追念香鬟霧鎖空追念步鞋露綴嫦娥

寡蟾宮獨守天遠信音稀

錦纏道　重九

雁來期正秋風寒雲亂飛把酒對斜暉問芳卿爲甚的便葸損蘭摧想蕭關黃葉盡起念漢殿紫萸誰佩歲月轉淒其衾餘枕剩初寒未授衣辜負登高節對黃花羞插滿頭歸

傾杯序　長至　一名液煞尾

時移日漸長轉候灰又節值書雲歲推幾度寒砧幾聲殘角幾箇孤鴻別館的滋味慘年華過眼暑來寒

往一生無幾線空添要見伊還共日俱遲

玉芙蓉　除夕

空傾栢葉杯枉泛椒花蕋總迎新愁看斗柄春回誰憐今歲今宵盡又早明年明月催消長夜撥寒爐炊灰這傷心只有歲寒知

小桃紅　元宵　與越調異

燈影下人叢裏火蛾轉笙歌沸家家盡簇神仙隊花容誰似娘行北歸來空倚書幃立寒窗底獨展畫裏崔徽

攤拍　上巳　大石

記祓除流觴水湄記游衍踏青翠堤記郊原路進芈榼提壺處處徘徊香藉雕鞍步步追隨今安在海角天涯魂欲斷日平西

一撮棹　清明

人何處墓上草新齊悲風起棠梨上紙錢飛孤墳小殘月冷走狐狸青衫淚盡是杜鵑啼痛殺青松底又添一新鬼天地永日夕想魂兮無煞

刪子序首句應用四字前各曲疑犯別調未詳

〇春怨 巳刻　　陳秋碧

錦庭樂 用康纖韻

錦纏道 被兒餘枕兒單春寒較添夜雨響空簷曉來呵殘紅滿簾 滿庭芳 更那看掩重門對鶯花鬼病懨懨這病危如燈焰這恨深如天塹 普天樂 病和愁兩厮兼病當心坎愁在眉尖

前腔

錦鱗稀塞鴻遥青沉信淹江樹眼空瞻怯梳粧塵緘寶奩〇常則是倚闌干數歸程偷損春纖霧帳雲屏

虛占海誓山盟無驗○線和針懶去拈靈犀一點無計掮餌

前腔

憶王孫乍交歡情投意愜永遠効鶼鶼自離家新生棄嫌○料應他在天涯被秦樓歌管相漸金粉花容嬌豔血色羅裙紅茜○美丰丰笑語甜未知將我唇上胭脂

前腔

影伶仃守蒼苔皴綃淚黏無語對銀蟾暎孤燈蕭蕭

短簷○幾回價寄佳音怕人知躲躲潛潛是則是前生少欠苦則苦終常作念○把恩情做了水底鹽羊腸遍扑今後休占

尾聲

合浦珠豐城劍願配合莫教拋閃看玉簫姻緣許再僉

○擬冬閨怨　已刻　　史叔考

傾杯賞芙蓉　用家麻韻

【傾杯序】隔牆新月上梅花綉閣吹燈罷驀忽地冷了

瑤琴撇下箜篌倚了薰櫳放了琵琶

【玉芙蓉】那些箇春宵一刻千金價畢竟夜靜三更萬事差人牽掛控心猿意馬這浮雲遊子何日别京華

玉芙蓉

相思夢見他夢裏多歡耍醒來時依然人在天涯鴛鴦對對成虛話做蝴蝶紛紛過别家奴生怕怕那金鷄和鐵馬悄不覺催雲送雨到窗紗

普天樂犯 新增體

【普天樂】聽更籌頻頻下淚滴滿鮫綃帕料多情别有

嬌娃把我認做冤家○當初來嫁星辰應犯孤和寡

使今朝錦帳文鴛做了路柳墻花

朱奴帶錦纏

【朱奴兒】鎮日裏妝聾作啞捱一刻勝如一夏問張郎

何日眉重畫玉簪兒打得酸牙【錦纏道】覷腰瘦不堪

把饑時不飯渴時不用茶弄得人憔悴一迴煩惱一

迴嗟

尾聲

海山盟丟開罷枉自去燒龜叩瓦把美滿恩情做了

浪淘沙

○寄中都趙姬 未刻　　王伯良

傾杯賞芙蓉 用車遮韻

〔傾杯序〕一徑春風轉狹斜滿地荼蘼雪愛殺他門掩青桐人在紅樓到處焚香直恁清絕〔玉芙蓉〕盈盈悄臉花雙靨嬝娜柔軀柳一捻紗窗夜記銀燈未滅掛一幅美人圖畫半簾月

雁過聲 換頭

裙摺猩紅乍溼邀人覷榴花幾葉枕邊絮語脂香烈

儘憑他漏聲接軟遮離玉襯花貼嬌怯偎粉頰兜郎
肯惜靈犀減好處廻身劣處嚙

普天樂

乍相逢芳心熱便相憐柔腸結常消受雨擁雲遮一
時間將鶯燕攔截經年短鋏自看花來為你費盡周
折

朱奴兒

急分手青衫哽咽頻作念銜字重叠寄得香囊餘淚
血一點點將幽情描寫殷勤說休辭跋踄難道便心

如鐵

小桃紅　與越調異

轉眼處春光謝　屈指又朱明也　消魂最是秋風冽　牽情窗外鶯飛雪　看來都是寬和孽　悔當初輕散輕別

尾聲

到如今成吳越　做不得抱花蝴蝶　先寄烏絲一紙斷腸帖

正宮一調　昔人以惆悵雄壯爲的　蓋取其有悲歌激烈之氣也　周詞不難於叶韻而難於得體

不難於縱放而難於就繩是選諸作可爲各極其致本宮南詞之法程或者其在斯歟 騷隱識

大石調

○聞思 劉依原稿 王西樓

念奴嬌序 用江陽韻

麗譙落月正野烏城上啼殘萬无明霜譙角聲中鳴咽處吹徹老梅爭放悽愴太瀨宸遊乍臨青闕土牛簫鼓天街景物果堪賞人爭攘紛紛綵仗簇擁句芒

尾犯序 中呂換頭

成行仕女倚春粧巧剪春旛彩燕雙雙試舞翩翩鬭
釵頭鳳凰惆悵偏我慮天涯人遠偏我慮山高水長
又慮他心兒放萍蹤梗跡兀自殢他鄉

錦纏道 此下俱正宮

迅時光蚕花朝催開衆芳紅紫鬭春粧最無情灞陵
岸上柳絲千丈留得住離人征鞍留不住離人去腸
落得意傍徨夢飛度楚陽臺上雲山嘆渺茫生受處
辦雞忽唱錯教神女懶襄王

傾杯序

淒涼從君去冷繡房寂寞了梅花帳想揮淚陽關分袂河橋約在端陽準擬還鄉眼睜睜教我窮冬捱盡又過青陽天便教人霎時相見又何妨

玉芙蓉

風和蝶戀香水暖魚翻浪正園林開到荼蘼海棠乍晴乍雨花容老輕暖輕寒愁味長相思恨牽纏怎當總朱顏消瘦不比舊時龐

小桃紅 註前

歡娛事皆已往淒涼事總親嘗雲迷楚峽空餘嶂彩

鸞飛去臺虛厰秦樓更沒簫吹響缺日的教我怨悵

裴航

尾聲

歸來有日同鴛帳還問他別來無恙只怕他做了天涯淚蕩

○麗情　未刻　　王伯良

賽觀音　用眞文韻

怕着羞添着恨看點點羅衫淚痕只落得燈前偷揾這段相思誰道假和眞

前腔

我戶兒推心兒肯悔那日停針閉門空惹個蝶驚蜂褪嬌軟肝腸做了硬心人

人月圓

他去後風雨無憑準縱有青鸞難傳信隔花陰眞是天涯近羸得箇懨懨成病損纔知道眼前人更有誰爲温存

前腔

連日來打疊胭和粉便取次摧殘一葉身天公折罰

甘心認這對面惺惺背面親衷勝事待告訴青天君

不知聞

尾聲

謾說有情魂夢堪尋趂且捱他幾箇惡黃昏辨取和

葉和根總付君

大石名詞絕少即一二傳世之作按其句調强半未稱入彀寥寥領果足當一斑而謂其盡風流蘊籍之旨則吾豈敢所錄麗誌落月一套坊刻多訛今得停雲館袖珍樂府舊刻參之似屬

本來面目。遂爲釐正。其間雲萬里等詞。因其命題皆屬咏物。與是選意不相合。容俟別刻。以快大觀。

嶺樵隨筆

樂府吳騷合編卷之一 終

白雪齋選訂樂府吳騷合編目次

第二卷

中呂

經年驛使 得書 王伯良

南呂

紅衲襖

鞾香肩鬆臂金 題情 金白嶼

記初逢秋月盈 寄楊幼眞 張叔周

太師引

花飛陌上 紀遇 高深甫

一江風

到春來 四時閨情 陳秋碧

懶畫眉

繡帶兒

大勝樂

九疑山

江東日暮雲　代馬瑶姬寄情　梁少白

十様錦

幽窗下沉吟半晌　惜別　舊詞

燈兒下低頭自忖　懷舊　張靈墟

秦樓上月明如水　閨情　梅禹金

河橋路征帆初掛　惜別　高深甫

吳騷合編卷二目次終

白雪齋選訂樂府吳騷合編卷之二

虎林　騷隱居士　選輯

半嶺道人　删訂

中呂

○題恨 未刻　張伯起

泣顏回 用家麻韻

解語一枝花被霜凌雪妬芳華香消玉減零落了鬢髻堆鴉雙蛾恨鎖遠山橫冷淡無人畫一霎時平地風波兩邊廂對面天涯

前腔　換頭

堪憐紙帳冷梅花相思夜夜空到窗紗夢中親見訴不出許多情話魂搖魄亂那些兒一刻千金價陰霾障二六巫峯邊聲噪十八胡笳

長拍　仙呂

閃攡離鸞閃攡離鸞愁縈意馬兩鴛鴦驚散汀沙檻猿籠鳥更那堪路遠途難血淚灑杜鵑花雁聲孤漏泥泥怎禁牽掛一紙魚牋難盡寫轉教人萬縷春情亂似麻眼前雖望斷七香車竝無緣向太湖石畔帽

亥烏紗

短拍 同前

子晉風流子晉風流潘郎溫雅奈不在宋玉東家空

懸望眼巴巴悄無言粧聾做啞待得債緣滿也看彩

鸞飛雙駕赤城霞

餘文

强寬懷抱終難罷能鎮日無端自咬牙恨一似明妃馬

上琵琶

○閨怨 未刻 陳秋碧

泣顏回 用家麻韻

薄倖忒情雜不比尋常作耍出門容易而今海角天涯歸期歲晚轉頭來過了春和夏去時節霜老芙蓉卻又蚤水冷蒹葭

前腔 換頭

奸猾心性最難拿瞞人利齒伶牙悠揚不定猶如風裏楊花千思萬想恁從來色膽天來大恐習學竊玉偷香唐突了相府高衙

撲燈蛾

恩情如撚沙清苦似嚼蠟知他在那廂假笑臉虛擔著許多愁病也不索尋消問息到頭來終有個還家風流罪招繇細數從頭兒一樁一件自詳察

前腔

風兒颼颼亂刮雪兒紛紛密灑淒淒的鳳枕單鴛帳冷薄怯怯繡衾寒壓也慽慽的銀燭爆花嗚嗚的城上吹笳鼕鼕的殘更正煞呀呀的曉天啼散樹頭鴉

尾聲

文君再把香車駕只恐琴心調弄差反與相如做話

古歙汪成甫鐫

晚天啼鼓樹
形鵝

靶。

此曲原與三弄梅花北詞相和成套而韻選中獨載南詞諒亦別有所本且易煩就簡而詞氣頗無叚續之病因爲錄刻 嶺樵

○秋懷 翻元詞 未刻 沈伯英

泣顏回 用監咸韻

風露怯青衫窗冷月斜燈暗濁醪吞恨黃菊帶愁同簪天南地北悔佳期却被虛名賺哭哀哀似泣露寒蛩氣絲絲如做蠒春蠶

駐馬聽

沈約羞慚都道年來腰瘦減潘安鬢慘自嘆如今兩鬢鬖鬖鴛衾錯送玉清庵鸞交空閃藍橋站休笑休譚我這吟肩慣壓相思一擔

漁家燈 墨憨齋謂犯兩休休紅芍藥剔銀燈三曲名之曰兩紅燈

風流謎着緊包含因緣簿忒煞魘魅自從他暗與香囊別時痛剪春衫更堪剖破菱花鑑都斷了雁帖魚緘○憨憨秋光過三鎮日把離愁自攬

千秋歲

病難甘轉覺文章淡更秋思撩人心坎憔悴空擔憔
悴空擔無意把兎毫龍香頻蘸綠綺斷紅葉題高唐
賦空掇賺舉目羞披覽說甚讀書人自來餓眼偏饞

尾聲

須有日看花結果了偷香膽且寧耐紅愁綠慘管受
用翠幄牙牀金鳳毯

○春遊 巳刻　高東嘉

泣顏回 用蕭豪韻　舊名好事近誤論詳後

東野翠煙消喜遇芳天晴曉惜花心性春來起得偏

蚤教人採取問東君肯與我春多少見丫鬟笑語回

言道昨夜海棠開了

前腔　換頭

今朝特地到西郊端的是萬紫千紅爭巧花情酒債

一生被他縈擾雕鞍駿馬會王孫貴戚把金樽倒有

時節沉醉花前把金丸墜落飛鳥

千秋歲

杏花稍間着梨花雪一點點梅豆青小流水橋邊流

水橋邊只聽得賣花聲聲頻叫鞦韆外行人道粉墻

內佳人笑笑道春光好把花籃旋簇食櫑高挑

前腔

俊多嬌他只顧貪歡笑卻不道冷被人瞧綠柳陰中綠柳陰中藏身暗折花枝來到低聲問奴容貌比花貌爭多少又被才郎惱道花枝勝似奴貌妖嬈

越恁好 又名走山畫眉

鬧花深處鬧花深處滴溜溜酒旆招牡丹亭左側尋女伴鬪百草翠巍巍柳條翠巍巍柳條見忒楞楞曉鶯兒飛過樹梢撲簌簌落紅舞翩翩粉蝶兒飛過畫

橋一年景四季中惟有春光好向花前暢飲月下歡笑

前腔

乍晴還乍雨乍晴還乍雨暖融融景致僥見游人往來貪歡笑舞鮫綃鬧咳咳笑高鬧咳咳笑高見骨碌碌小車兒乘着艷嬌嬌滴滴眼兒弓彎彎小脚兒一捻舞腰十分俏難畫描蕩漾春心了怎教人對景辜負年少

紅繡鞋 此曲與諸中三體俱不相合不知所本

聽一派鳳管鸞簫鸞簫見一簇翠圍珠遶珠遶捧玉
鐘酒沉倒歌金縷舞纖腰任明月上花稍

前腔

花枝明月多嬌多嬌三般奏逞妖嬈妖嬈一樣妝最
波俏花陰下閙炒炒醒來時不覺夜深了

意不盡

從教酩酊眠芳草高把銀燭花下燒韶華易老休把
春光虛度了

○春恨 翻元詞 未刻 沈伯英

石榴花 用東鍾韻

碧桃花外忽聽一聲鍾醉魂驚散夢巫峯那堪雨雨更風風恨香消獸冷花落鏡塵蒙嘆雲寒西樓燕子空舊桃源路迷仙洞單守着伴孤燈矮屏風悶彈哀怨泣絲桐

駐馬聽

帶結頻鬆瘦骨誰禁愁緒冗眉峯難縱鎖住雙蛾幽恨重重瑤臺人遠信勞鴻彩雲聲斷簫閒鳳怨綠羞紅百般難把悶懷相送

剔銀燈

看花去誰與同探舊叢待月處簾櫳誰共日長又怕
更偏永都不見紅團綠擁他似飄蓬全無定踪教我
愁對着落紅舞風

漁家燈 註前

從別後帳冷芙蓉許多時曲罷梧桐餘寒在簾控金
鈎誰寄錦箋鸞封袖中怕濕瓊珠迸向王孫芳草花
驄○對青銅空陪笑容全不比崔徵畫中

尾聲

剩雨收殘雲迴朝暮相思萬種十二峯頭總是空

○感舊 未刻 王伯良

漁家傲 用眞文韻

我只道再到天台訪玉眞溪邊路尚有桃花還存舊人昨夜忽傳青鸞信開緘不忍空孤負前度劉郎這些時心慘片雲又誰知粉謝香消已七八春

剔銀燈

好姻緣幾年厮渾惡相思半生作狠恨孤辰伴着紅鸞運說嫁字是伊先肯啼痕紅衫半湮盼不到荆釵

布裙

攤破地錦花

秀才們終則是拏不穩欲吐又呑匆匆的誤了侯門

從此青樓鏡別釵分見無因竟化做了杜鵑魂

麻婆子

血書血書題不了猩猩一紙存繡履繡履香不散纖

纖三寸新分明記得夢中身負娘墓草痛難認有淚

有淚臨風隕泉下不知聞　不用尾聲

散曲中向無石榴花暨漁家傲長套今得前曲

固足補昔人之闕。且情文韻調無不到家。允稱作手。騷隱

楊德叢

○閨情 未刻

瓦盆兒 用尤侯韻

西陵渡口。西風吹不到木蘭舟。憔悴殺一雙跡。俺這裡淚珠和雨滴江流。他那裏背前盟別上了青樓。敢只是那人兒兩意投。因此上戀新忘舊。每日家枉費心。慢咨嗟。空僝僽。辜負却花月好春秋。

榴花泣

石榴花 碧紗窗下簪折鳳凰頭恩山誓海總成愁香殘粉今幾時休當年雲雨都向夢中求泣顏回言不應只這相思何事多顛覆滿襟懷飲廢茶荒這都是恨惹情兜

喜漁燈 與雁魚錦第四曲不同

幾回耐着心兒守歸期難候消和息真箇藏鬮魚雁總沉浮同心兩字俱差謬再休題花老鶯愁○休休相思盡匀只恨我明珠暗投

攤破地錦花

悞追求扯碎了鴛鴦抑苦不自繇驀忽地上了心頭
夢斷高唐魂冷莊周恨悠悠雲雨墻玉簫樓

麻婆子

怪你怪你多薄倖金釵當酒籌笑我笑我忒情重香囊緊護收你一般恩愛兩般丟我黃花何日逢重九寂寞就憔瘦做織女盼牽牛

尾聲

風風雨雨敲窗牖珠淚難量升斗只落得花自凋零人自愁

○題情　白雪齋藏本與時刻異

高濂甫

瓦盆兒　用庚青韻

相思到底爲他害得不分明金屋夢玉關情只爲着別離兩字等閒輕因此上鴛鴦陣擺做了愁兵未知道自別來他心可至誠他應恨魚沈雁靜不道我仲宣愁相如渴眺孤另枉教我欹枕對殘燈

榴花泣

〔石榴花〕誰知一別蹤跡便飄零怪煙雨隔江城只見天邊圓月幾回明紗窗半掩一派冷清清〔泣顏回〕淒

涼淚傾把不住幾陣渾身冷飲弓蛇空自心驚照石鏡見他無影

喜漁燈 註前

音書欲寄情難罄雲樹暝相思債欠下了前生今日却怎生怎生掃却心頭病虛擔着雨剩雲凝○風情全無半星斷人腸寒蛩幾聲

尾聲

絮叨叨真難聽攪得我神魂不定好一似吞却金鍼和線櫻

○憶舊 未刻　　卜大荒

瓦盆兒 用先天韻

落紅滿地驀忽又蚤晚春天愁黯黯恨綿綿惱一番蜂鬚蝶翅趲韶年最無奈令凄凄夜月咽啼鵑只辦取悶支頤撥殘獸鼎煙詫香塵糝盞琴面幾時得訴離悰在枕邊重留戀煞強似剩枕伴孤眠

榴花泣

石榴花 閒將往事細推原何心去整花鈿鳳釵敲損雀鬟偏殘粧儘膩瘦臉淚常懸泣顏回 愁腸萬轉這

人兒漸已生交變濕胭脂淺暈桃腮裙褶縐石榴羅軟。

喜漁燈 註前

怎堪靜鎖深庭院難自遣鴛鴦拆翡翠巢顛兩葉眉可憐可憐怕覩雙飛燕還羞種並蒂嬌蓮○燈前合歡帶剪覓黃耳音書倩傳

尾聲

風流子在那邊欲待尋他夢裏言又恐陽臺驛路遠

○秋夜傷舊 未刻 梁少白

尨盆兒　用蕭豪韻

虛堂坐雨西風蕭瑟起林皋聽落葉小窗敲怎禁他
雲房獨掩夜寥寥空巖得淚痕濃點淡了鮫鮹誰憐
我破題兒新秋第一宵你何處絕無音耗想那里鄆
亭稀雁魚少書難到詠楚些魂斷倩誰招

榴花泣

（石榴花）簾櫳深處常獨伴那多嬌今只剩影瀟瀟只
見粧臺塵鎖翠鈿拋羅衣帶結猶繫紫絲縧（泣顏回）
記恩多怨少十年心難對傍人道漫追他舊日風儀

祇憐伊病來容貌

喜漁燈 註前

幾回欲覓巫山廟怕飛夢杳陽臺下空雨殘雲朝雖則是遇伊遇伊又被鷄驚覺鴛衾冷轉覺無聊○烟消風花露草好添香寒灰怎燒

尾聲

蓬山隔雲路遙再休想同吹月下簫腸斷東風第五橋

○秋日閨情 已刻

毛蓮石

好事近 用東鐘韻 墨憨齋定名題子樂詳後

泣顏回 風月兩無功枉把心機牢籠巫山雲雨一旦杳然無踪 刷子序 隨風奈向樓頭譙鼓聽沉响又打三鼕 普天樂 寂寞恨更長漏永便做了歡娛夜短却共誰同

錦纏道 以下俱正宮

路難通料隔着雲山萬重空處俱兩眉峯暗銷魂沒情沒緒倦理殘絨有愁來全仗酒哄醒來時依舊還同暮鼓又晨鐘韶光荏苒歸期尚未逢怕染潘郎鬢

被他依舊笑春風

普天樂 同上

減芳容愁越重罷卻了擲鸞鳳雕簷畔鐵馬叮咚紗窗外絮聒寒蛩砧聲又攻更那堪雁聲嘹嚦長空

古輪臺 中呂

恨無窮西風蕭瑟助秋容別來望裏關河夐寒衣誰送寄與君家料想是覓卻芳容誤我佳期一場春夢欲將心事問孤鴻想當時曾共翠被生寒馥香溫軟到如今蓬鬆兩鬢釵橫髻亂修眉懶畫別後苦匆匆

思前事教人心下氣沖沖

尾聲

聽敗葉敲窗縫悶對殘燈午夜風展轉無眠珠淚湧

○代寄呂媼小喬　已刻　梁少白

好事近　用車遮韻

〔泣顏回〕書寄秣陵賒奈樓前雲水重疊落花飛絮那堪暮春時節〔刷子序〕淒切夜雨曉風臺榭空梁燕謝遺來傳說〔普天樂〕道佳期休虛度也絮叨叨恰如窗下分別

榴花泣

石榴花追思當日別館酒初設逢迎處繡簾揭匆匆禮數甚周折泣顏回看趨承舉止羞怯腰圍一捻似縈欄弱柳絲牽惹闘纖軀掠水蜻蜓試輕衣逗風蝴蝶。此曲犯體第五句較譜未合詳論於後

錦纏道 正宮

玳筵列滿華堂會當年俊傑初相見甚千涉料姻緣顛乍未定難道就和協怎知伊多情的姐姐含情處眼波雙借翠帶兩偷結佳期寄邇但將不暫撤宴罷

催歸去笑蹁躚同上七香車

千秋歲

那究業只道難消受誰知道蚕便寧貼公瑾當年公瑾當年渾如綴着喬家枝葉春衣褪雲鬟卸相偎處身兒趄故把羅幃扯怕花燈斜照回過桃頰

普天樂 正宮

向蒼穹把盟香爇負心的天難赦繡囊中雙貯烏雲羅衫上對粘青血從今記者這恩情忍教中道輕絕

鮑老催 黄鍾

帝城鳳闕青樓雖是多歡悅銀蟾長恨空圓缺奈山鬱盤水潺湲雲明滅腮懸玉筋啼應裂胎含荳蔻春方洩心摧鐵馬秋爭掣

古輪臺

記初別疎林處處下黃葉那堪逆旅西風夜孤村茅舍況枕塊衾鐵酒醒處依稀蘭麝敗壁蟲吟破幃燈射夢魂中猶記語些些道我音書頻寫雁南來蚤寄回帖休常恁雨散雲收氷消花解水流花謝莫遣坐銷歇恩難捨還期同宴錦堂月

尾聲

遇良辰逢佳節管領着歌臺舞榭日日春風醉欹斜

○寄趙袁卿　巳刻　梁少白

好事近　用尤侯韻

泣顏回　人去莫登樓況當風景三秋燕臺雲冷教人目斷長洲

刷子序　悠悠試看霜空征雁分明寫一字離愁

普天樂　空悲怨團圓未久爲甚匆匆頓拆燕侶鶯儔

錦纏道　正宮

記緣繇爲當時情和意投年少更風流這姻親朝朝暮暮來往扁舟意仙婭初難匹偶誰知道便容消受遂爾兩綢繆巫陽縹緲雲深雨不收靈鵲千羣駕似明河織女會牽牛

普天樂 同上

性纏綿心迤逗永歡娛無儔𠆍又誰知霹起風波驀然間打散雙鷗終難罷手怎禁得霎時閒絃剪箜篌

古輪臺

恨難留半江斜日放歸舟淒涼正値金風驟梧飄時

候看淚灑江洲空濕透縷金衫袖料想別來黃昏清
晝任一簾落葉響銀鈎渾如病酒應爲郎望斷雙眸
宮眉細蹙楚腰纖削相思依舊欲說又還休無限關
情事一時和雨到心頭

尾聲

丰姿媚體態柔喚與飛燕名兒非謬終有日還向昭陽
殿裏遊

○閨情 巳刻 沈青門

好事近 用皆來韻

【泣顏回】兜底上心來教人難想難猜同心羅帶平白
地兩下分開【刷子序】值舊日香囊猶在詩中意書
寫得來明白【普天樂】數歸期一年半載算程途咫尺
音信全乖

錦纏道 正宮

托香腮懶梳粧慵臨鏡臺無語自裁劃正芳年又不
道色減容衰怎知他把前言盡改咱須是暫時寧耐
歲月好難捱孤辰寡宿時該命又該不索長吁氣負
心人天自有安排

普天樂 同前

畫闌前湖山外見月也深深拜月圓時人未團圓望蒼穹鑒察憐哀那心最歹把些個溫香軟玉做了糞土塵埃

古輪臺

恨多才萍蹤浪蹤寄天涯繡幃錦帳春猶在自有許多恩愛豈料如今番做了破鏡分釵剩雨殘雲等閒消盡是誰別壘楚陽臺有傾城嬌態把誓海盟山做氷消瓦解忘餐廢寢魂勞夢斷肌骨瘦如柴懨懨害

四時花月總沉埋

尾聲

黃昏更是無聊賴斜倚薰籠半側羞見燈花一稔開

○擬元帝餞明妃　未刻　卜大荒

好事近　用江陽韻

〔江顏回〕貂錦換宮粧轉勝圖中描樣新愁夙枉生拆

寶殿鴛鴦〔刷子序〕拴裝兩下相看悒怏秦城外倦椰

淒涼〔普天樂〕斜日映灞川渡廣怪琵琶寫恨舉目沾

裳

吳騷合編
武林項仲華刻

綵錦旗寶鞍驕騰
圖中描樣

錦纏道 正宮

韻堪傷一闋兒陽關緒長滿酌捧霞觴殢樽前堪憐淚眼雙雙款呼韓情調半晌心先赴李陵臺傍直恁趲程忙朝陽雨露初心肯頓忘舞謝纏頭錦恐驚飆吹散舊餘香

普天樂 同上

夢魂遊青苔巷鉄鏡杳風流況揣今朝出塞昭君甚年似蘇武還鄉邊村浪養做別姬楚項送女吳邦

古輪臺

累娘行辭家背井逗龍荒怎堪臨去回頭望角聲悲壯更旆影悠揚白草不鋪沙壞車輓餱糧馬馱氊帳欲追攜手話河梁蜂攢迅往怕鑾輿返到咸陽遶堦篳墜掖庭漏永寒蛩泣露冷暈惹紗窗不思想除非鐵冷鍛剛腸

尾聲

美人軸掛屏山上權作挑燈照粉龐恐聽南來孤雁響

按蔣氏舊譜載東野翠煙消一曲題曰好事近

實則泣顏回也詞隱新譜亦云詳查舊板戲曲皆以泣顏回爲好事近固知好事近特後人惡泣顏回之名而更之者耳風月兩無功一體原犯普天樂刷子序者而將本單刻泣顏回不註二犯調亦猶新篁池閣之混刻爲梁州序而不知犯賀新郎糠和米之混刻爲孝順歌而不知犯江兒水也今墨憨齋定名顏子樂頗稱允協但未敢於譜外別增名目故凡泣顏回本調向來誤刻者悉還原名而人去莫登樓諸曲則照

諸明註而仍以好事近名之蓋好事近原無別體吾安知此體之非確然爲好事近也 嶺樵識

○九日雨花臺別陳文姝 未刻 梁少白

榴花泣 用尤侯韻

石榴花 長江東注月斷荻花洲同携手下青樓滿城風雨總難留 泣顏回 依依欲住無繇原非浪遊笑書生何事歸徧驟冷淡了馥馥香衾遺落了小小雲兜

錦纏道 正宮

羡風流似石城當年莫愁婀娜更溫柔翠紅鄉天然

生下一種嬌羞爲憐才情偏耐久非容易便能成就
看畫兩山秋相逢花底雙波洒不收驀地傳心處笑
窺人佯整玉搔頭

節節高 南呂

江東第一流遏歌喉行雲片片停虛嚦鶯聲溜扇影
揚梁塵遏秋來更比黃花瘦風流一段難消受金屋
曾聞眝娉婷生身原是陳家後

漁家燈 註前

今日裏別酒長亭明日向匹馬荒丘算只是霎夜恩

怕比他人數年婚媾勸伊莫便多儔慾願歲歲共

重九○夷猶終難迍邅丹陽道寒雲正愁

尾聲

長干在望空回首亂山高下入常州心似江波不定

流

○喜誥文娟　末刻　顧太初

榴花泣　用江陽韻

石榴花　瑤天夜晃雀語噪花房焚寶鴨照金羊紅羅

斗帳玉分張

泣顏回　目羞看麝帶珠囊銅蚪未央刺

蒲桃串露紅絲漾莜新聲雁泣氷絃繫幽心燕宿瑤筐。

前腔

褭姿難狀寶月出瑚梁裁星的拭霞光芙蓉解語玉生香○畫雙蛾曲曲春楊檀心半粧轉欄杆流盼秋波蕩椎花鈿髩拂玄蟬點朱翹額上鵶黃

泣顏回

皓指玉修長逞纖腰初試羅裳裁紅點翠不禁愁微步虛廊鵲橋渺茫恠　河萬里波如掌落花風飄盡

蒲東鎖楊烟草滿高唐

前腔 换頭

驚看梧影過銀牀 作 迴眸驀遇檀郎山盟海誓 笑 相迎共解鳴璫春心怎降擲龍梭篸角雙星上搵香腮並蒂桃花啓朱唇半吐丁香

摧拍 大石

試闚臣宋玉左墻作逢人崔徽布扁 這 幽情怎忘 拼 取比翼瑤池比目銀塘弄雨推雲剪玉裁香從今後帶綰鴛鴦調寶瑟乞瓊漿

前腔

揚素翹花飛上陽拂青蘋塵凝建章這密語難詳空教蘭被生寒蕙帶流霜刻燭淒遲援桃徬徨從今後夢遶鸞凰空僝僽效迷藏

尾聲

西陵油壁期同往看松柏青驄相向休教舊恨新愁惱寸腸

○紀恨 未刻　　王伯良

榴花泣 用尤侯韻

〔石榴花〕伯勞飛燕。一別兩悠悠。嗟覆水定難收。他生未卜此生休。〔泣顏回〕這籌兒怎按下心頭。何須邂逅也空勞憶殺紅酥手。嘆經年揀盡寒枝。又誰知誤了傷州。

錦纏道 正宮

記春游。信青驄向花叢浪投。把酒醉紅樓。忽無端胡麻流出溪頭。倩漁郎作通媒媾。謝仙姝便諧配偶。花色映燈篝。這其間正海棠時候。說甚麼新豐困馬周。贏得個小蠻如柳。拚此生常自老溫柔。

玉芙蓉

青眉月半鈎粉頰花雙印愛靈心一點偏稱清幽醉歸金勒殷勤候讀罷牙籤次第收眞消受喜情投意投準備着嫁鷄歸路及清秋

普天樂

我茂陵人原自有你說讓他先廿居後舒心的打疊衾裯況撩人無限風流輕彈細語更纖纖裳縫素手宜秋

喜漁燈 註前

鎖春風。銅雀雙棲舊。好難自剖。嘆匆匆歲月如流。誰知蒯緱蒯緱消不得偎紅袖。霎時間雨打春柔。戈矛翻生道周。做得箇香燒斷頭。

節節高 南呂

難將破鏡收。恨無繇。高樓百尺投身陡。黃昏後。銀燭愁。淒風逗。把玉簪敲折鴛鴦脰。羅襟扯斷芙蓉扣。哭盡紅衾淚應枯。真箇是天還知道和天瘦。

大砑鼓 同上 或作迓

并州欠滯留。一回蝶夢片胸鷹韝。誰教蓮子栽成藕。

又誰教波浪打眠鷗似露水姻緣終難到頭

撲燈蛾

傷心燕子樓腸斷章臺柳剩粉與殘脂只留取淹人形消也鎮懨懨病酒為伊長日鎖眉頭悔當初錯將放手成差謬枉教織女怨牽牛

尾聲

你多情難學臨邛走我薄倖空甦桃葉愁縱骨化形銷恨未休

○得書　未刻

王伯良

櫑花泣　用新定居韻

（石櫑花）經年驛使。望斷隴頭書。驀忽地寄雙魚。不知書中消息是何如。（泣顏回）急開鈴印雙朱。匆匆看取打頭來便寫着相思句。那些兒幾字蠅頭。恰分明滿紙明珠。

喜漁燈

幾番讀到傷心處。淚零似雨。你爲我病損桑榆。聽説覓人寄書寄書書去。魂亦去紙梢上淚點沾濡。○何須千言萬語。囑人情一行起居。

撲燈蛾

別時新月生約定登樓處兩下遞思量問記否臨岐私語也清秋時序數歸期已近茱萸儘盼殺暮雲春樹只教我對西風黯慘自嗟吁

尾聲

萍踪浪跡難憑據因循辜負你個女相如眞是腸斷蕭娘一紙書

時本皆以榴花泣誤作石榴花而不知石榴花自有本調如譜中朔風凜凜及前所選碧桃花

外一體是也。今改正其榴花泣第三句應以譜中恐將身命掩黃沙句爲法。今俱用三字作二句。第四句應以撥雲見月枯樹再開花句爲法。今用泣顏回第四句體，不知果何所本。至於首句點板照譜似非起調。今從俗本宮名作輩出。未能悉收所慭然者，如折梅逢使諸曲向來膾炙人口，奈用韻既雜，而所接漁家傲等闋實欠體裁，削方爲圓，既有礙於古詞，而扭曲作直，猶不便於按拍，故不敢違心以逢世云。

嶺樵漫識

南呂

○題情　照江東白苧改刻　　　　金白嶼

紅衲襖　用侵尋韻

嚲香肩鬆臂金削纖腰寬帶錦這些時懶把生綃理針紝羞將寶鴨添水沉自別來還至今幾曾時放下心不能勾一霎徘徊兩意綢繆也只落得長夜孤眠伴繡衾

五更轉

冷鳳幃虛鴛枕對金樽誰共斟淒涼此際難消任誰

料寃家薄情特恁到今來猶記得花前飲閒窗寂靜
空顛窨彷彿逢君梅花月蔭

浣溪沙

他負心真忒甚枉教人肺腑簽針金錢不准年來讖
錦瑟空閒月下吟身凜凜不繇人不迷魂沒合煞空
勞我吊膽提心

東甌令

心中印口中喻到向那陽臺曉夢尋清宵淚濕衫兒
袵桃花冷胭脂沁畫欄月轉粉墻陰無奈漏沉沉

大砑鼓或作迓

逢人覓信音奈衡陽雁杳湘浦魚沉傷秋漫把閒愁禁怎當他夕陽歸鳥下疎林撇却歡娛翻成病侵

節節高

秋來意更深漫思尋音書欲寫還嘶噤空追審不見臨因些甚兎毫血蘸尖兒浸鸞箋墨灑行兒淋一緘離思逐雲飛遍身香汗和衣滲

金蓮子

倩塞禽多情定見機中錦料應是長吟還短吟爲甚

的惡姻緣更重重遠水又遙岑

尾聲

筭來人世多讒譖大都常是負初心誰似我海樣相思直到今

按此曲爲白嶼得意之筆但其本領原優於北調脫畧南詞楚學齊言未免有礙復閱少白江東白苧詞中乃有改作而詞意格調自然曲合固知少白爲曲中聖也　驂鸞原評

○寄楊姬幼眞有序未刻　張叔周

緬維戊子。纔步秦淮。偶度虹橋之楊氏。欣逢閬苑之玉娟。盈盈十五芳春。皦皦三千絕世。嬌來笑語。渾疑一騎塵飛。倦倚迷離。卻訝沈香亭畔。方幸繡幃之春暖。俄驚錦纜之秋風。寂寞扁舟。嘆文鴛之暫隻。淒涼寶瑟。傷彩鳳之常孤。斷弦何日續鸞膠。朔風茲厲。錦字一朝傳雁足。芳草向榮。重以血淚詩新。加之繡囊緘素。鍾情獨至。寓意良深。圖報愧乏瓊瑤。寄意聊賡律呂。庶雙簪玉鳳。期髻綰乎青絲。而六幅名花。詎帶寬於

團扇

紅衲襖 用庚青韻

記初逢秋月盈作相看紅玉映兩點涓涓眼波淨雙彎藹藹眉黛輕展羅襦飄麝氷啓朱唇語燕鶯那更額印芙蓉臉暈桃花也霧鬢雲鬟翠靨明

五更轉

教我意馬馳心猿競他俺青團扇笑迎筵開玳瑁金樽罄一曲清歌碧天雲靜背畫欄偷自把香肩並心招目允幽期訂有分劉郎已入天台佳境

浣溪沙

龜甲重流蘇整梟薰籠一縷煙凝輕拈荳蔻嬌還倩細吐丁香欵不驚幽夢醒不覺得透酥胸浥香汗喘吁吁耨耨低聲

東甌令

迷香窟䃮花營一片春心不恁撐朝雲暮雨歡無竟又重九西風冷蕭蕭落葉短長亭執手膪吁嚀

大迓鼓

扁舟度石城花濃帝里莫負深盟鴛鴦隊散憐孤影

鸞凰巢拆痛哀鳴死別生離音沈路窅

節節高

雙魚千里程語叮嚀生綃血淚斑斑剩新詩哽音律
清揮毫正香囊萬縷裁花勝鍼鍼線線堪人敬寄語
湘裙六幅花腰圍未必剛相稱

金蓮子

賦別情花箋天樣應難罄把紈扇共烏雲付卿更看
這鳳頭簪一雙雙綰髮誓今生

尾聲

一紙書權折證抵多少同心兩兩結西陵怎做得薄
倖王魁負桂英

○紀遇　照墨憨齋改刻　高深甫

太師引　用眞文韻

花飛陌上春將盡妬東風殘香逐塵溪山下水流花
恨林皐外雨卸春魂令人一見情難忍禁不住眉鈎
目引分明是巫山彩雲向人間出落賣弄精神

鎖窗寒

斷人腸風雨紛紛恍惚相憐意自勤看他多情多趣

宜喜宜嗔形容玉軟衣衫烟潤全不是尋常手段此心因他撩惹不繇人便教兜地銷魂

三段子　黄鍾

風掀練裙襯丹霞梨花吐雲春生笑靨滋胭脂櫻桃綴唇腰肢妬雪飄輕俊身裁艷月儕清潤瀟灑飛烟風流絕塵

東甌令

身嬌怯性温存幾轉秋波玉滀頻春心寄托鴛鴦陣蜂蝶牽愁悶青樓朱箔見無門此恨向誰論

三換頭 前二句五韻美中四句蠟梅花後四句似把梧葉兒譜亦未詳

姻緣姤人從來無准○恩情未眞怎生便親自笑没根牽引似浪裏萍飄泊恨誰曾憐憫○惜別愁成病難怎見是恩卦楪游魂何處是漁郎可問津

解三酲

倚雕闌低頭自忖怪畫欒頃刻平分兩窗寂寞今宵恨從此後惱晨昏雙魚未許能吞餌尺素何繇得到君怯偷揾止不住盈盈望眼滴滴啼痕

三學士

自分相逢無遠近這其間事涉寒溫如今天近人難
近畢竟是寒溫没半分野水平川愁隱隱芳草路怨
埋輪

節節高

青山隔暮雲惜殘春尋花問柳空勞頓今休問陌上
情桑間恨相思一擔都承認此情未必他相信夢䰟
冷落楚陽臺琵琶聲斷臨川郡

尾聲

湘波月冷簫聲隱那裏問秦臺楚郡過眼繁華總未

眞

○四時閨情 巳刻 陳秋碧

一江風 用皆來韻

到春來常是懨懨害不出簾兒外甚情懷雨驟風狂綠暗紅稀花事收拾快蜂驚蝶又猜蜂驚蝶又猜青青半是苔一點春何在

前腔

夏初來長日無聊賴溽暑偏禁害小亭臺並蒂荷花交頸鴛鴦不管離人怪調朱手倦擡調朱手倦擡描

鸞眼怕開黑海相思債

前腔

到秋來好月凭闌待見月深深拜下瑤堦露濕弓鞋涼沁羅衣風又吹裙帶孤燈爆絳臺孤燈爆絳臺寒衣想像裁手慢并刀快

前腔

到冬來飛雪簾兒外呵手勻眉黛托香腮白日淒涼巴到黃昏一點燈兒在一更強打捱一更強打捱三更怎擺劃刻刻難支派

按古調中本無疊句。今人增入。想以譜中羅帶

風後段爲則。今從之。

○爲陳姬雪箏賦　照原稿刻　　史叔考

宜春令　用尤侯韻

燕臺駿。何處來。任春風長安浪遊。利名難就。黃金白

璧人。徒有。奈朱門客散平原。更寥落穆生醴酒。堪愁

囊琴匣劒。薊門空走。

太師引

聽西秦金鼓喧何驟。更迸陽輪蹄亂揍。雖不是蕭墻

禍起甚難禁烽火城頭萬言羞澁懸河口誰便肯璽

符輕授鴻鵠志蹉跎蒯緱滿皇州更沒一箇曹丘

瑣窗寒

怕浮生虛度春秋打疊淒涼上翠樓見平康佳麗瀟

洒溫柔未通姓字先拋情竇容易折章臺楊柳嬌羞

燈前欲語更低頭似仙姝乍謫瀛洲

三段子 黃鍾 此調較譜中所載多未合

催花酒籌醉葡萄銀瓶玉甌濃香錦兜美前程鸞交

鳳儔長安風露閒刁斗景陽鐘鼓催更漏月落燈殘

鴛鴦並頭。

東甌令

雲和雨片時收實瑟搖水翡翠柔紅蘂粉汗微微透似覺難禁受起來紅日照梳頭花夢隔羅浮

三換頭 犯調註前

銀河女牛相思還又○合狂蜂浪蝶把奇花暗偷姻緣差謬這些時只得把並頭蓮暫時分首○夙債難消受歡娛一筆勾這段風流只落得鳳去臺空人自愁。

劉潑帽

滿前花鳥都僝僽更何心別詠雎鳩西風吹徹黃花瘦訴無繇帶累着眉兒皺

大勝樂 俗以聖談

這姻緣到底難酬誓和盟空自有敢只爲腰纏跨鶴人兒厚因此上下揚州你原道天長地久相廝守今做了又抱琵琶過別舟此情細剖畢竟是波中印月水面浮鷗

解三醒 仙呂 俗以醒談

起来红日照
梦隔

項仲華刊

怎能勾對籠雙袖怎能勾煮雪吟謳怎能勾挑燈共
剪春園韮怎能勾看舞伊州怎能勾燈前再解文犀
把怎能勾月下相看醉裏聯開窮究須不是區區割
捨你把人丢

節節高

佳期風馬牛謾追求同心方勝空裁就情何謬恩變
譬心非口相思弄得人憔瘦只恐新人似舊人別離
依舊輕咳嗽

三學士

江關夜冷層氷厚教人難覓歸舟恩情自分花和柳
别恨空牽春復秋眼見參商來卯酉腸斷處續無繇

大研鼓 或作迓

伈俜似楚囚傷情到處淚冷貂裘端端有日思張祜
何時聘聘謝江州難道傳言是胡謅亂謅

撲燈蛾 中呂

桃花又一週人面還依舊不肯做野鴛鴦只說使君
有婦也把姻緣拖逗那其間誰與箕帚謀華堂中無
分左右思前後洞房雙枕詰綢繆

尾聲

花營錦陣空馳驟好馬豈戀外鹿覆水難教潑地收

○閨情 白雪齋改刻 高深甫

宜春令 用眞文韻

燈前恨夢裏人似風帆搖搖此身銀河鵲渡相逢也

得年年准似如今何處朱陳都忩却舊時秦晉沉淪

多少恩情竟同朝槿

太師引

這些時何事縈方寸痛煞煞如煎似焚空消受悶中

愁病竟冷落剩雨殘雲腰圍日漸成寬褪更那堪香殘紅暈游魂卦占來果眞斷送人是無情白日黃昏

瑣窗寒

暗河橋春樹連垠極目天涯又日瞟看樓前飛絮陌上征塵風箏線斷憑誰接引探歸期全無音問離魂空教天外覓漁津幾回飛渡層雲

三段子 黃鍾

青樓笑顰多半是新人意親孤幃淚痕管甚麼舊人怨嗔想舊人空自添新恨新人有日行孤運新舊恩

情還須兩分

東甌令

閒金鴨冷瑤琴寂寞紗窗又一春梨花零亂東風狠

蜂蝶空相趁鶯鶯燕燕總慇懃催老舊精神

三換頭 犯調註前

前生孽因姻緣無分今生欠君參商堪憫想到來生

不忍怕似如今落得箇兩三番都成寃恨怨海知無

盡恩山隔楚秦平地荊榛啞若心頭味暗吞

劉潑帽

人前珠顆悄偷揾百般兒強自溫存春風堅斷楊花信兩三句趷喇喇把牙兒齦

大勝樂　俗以聖誤

怪年來合受災迍好風光剛一瞬五行都是逃魂陳惟寡宿與孤辰却教我眉尖翠壓蛾峯困鏡裏霜飛綠鬢新雕欄劃損苦只苦燈銷蘭焰犬吠柴門

解三醒　仙呂俗以醒誤

想着他風流聰俊更撩人別語諄諄道同衾共穴心兒肯遲和疾總休論又道是雙飛願比三生翼並蒂

應同連理根成矛盾總神前呪咀寃屈無伸

節節高 即生薑芽

淒涼不忍聞痛酸辛窗前夜雨聲偏緊霜柯隕冷綉茵寒威峻幾般都是愁中信刺人腸肚如鈙刃佳期只索夢中尋誰知夢裏何曾穩

三學士

無計從君心暗忖何繇覓漢口雙鱗君家住處知何處妾便逢人難問人渭北江南天隱隱芳草路綠如芸

大研鼓 或作迓

從前錯認眞因他留戀便爾情親那知事事空幇襯到頭敗露總虛文寂寞陽臺蕭條楚岫

撲燈蛾 中呂

啼紅減翠顰怨粉輸香韻楊柳嫦柔腸又見海棠風謝也芳心自捫想玉簫聲斷彩雲湮冷清清蒼苔月印天涯近幾層雲樹隔河濱

尾聲

聽傷人添笑哂道辜負了花嬌蘂嫩打動無明火一

盆。

此詞韻犯庚青而復多重押意非瑞南先生得意之筆今爲删潤較原稿似乎稍妥但詞長韻窄猶以重用一二字爲歉且依樣葫蘆意多束縛恐難乎法眼耳 嶺樵附識

○贈田姬 未刻　　王伯良

宜春令 用齊微韻

章臺路舊不迷信東風翩翩馬蹄尋紅訪翠曉來誤入花叢裏是誰家淥鎖娉婷問何處新來佳麗分明

似芙蓉一朶乍開秋水

太師引

出繡幃渾一似飛仙隊悄雙鈎款款慢移料艷色應嫌粉汗怕纖腰不任風吹低聲剛道箇年十七自一種天生姿嫦蛾着榜從頭品題少不得蕉霜毫取作花魁

瑣窗寒

捧金螺眼色迷離的的鶯聲囀欲飛恁當場調笑只斂羞眉酒闌人靜漏深香細更催人移燈先睡解衣

口脂一縷俏相偎翻鶯荳蔻新摧

東甌令

紅窗淺畫簾低錦帳春濃曉色遲嫩花枝可恐輕狼藉消受殺娘深意些些絮語墮金鎞只許桃函知

浣溪沙

燕子棲鴛鴦對從來緣福難齊你楊家隊裏稱嬌妹我喬氏班中占小姨成縈繫但得箇在他鄉受恩深頓忘却海角天涯

解三酲 仙呂 俗以醒誤

便做道周南留滯盡教他渭北棲遲我從來自苦多
情累又觸起舊根芽漫說是傾城傾國人堪羨敢誇
箇爲雨爲雲賦是媒言非戲甘爲伊情願做蝴蝶雙
飛

尾聲

新詞寫向紅箋麗寄去垂楊小院西說不盡相思日
九廻

太霞新奏有劉潑帽三學士二曲而舊存錄本
無之故不載是作章法易長爲短有破板爲活

之趣且寫情繪景每多俊語伯良信詞壇赤幟此詞如貂裘染青陽候等套向頗傳頌人口即余前刻中亦所並錄是選既嚴於韻自不得徇情以開濫觴之漸倘有怪其遺珠者當於舊本索之可也　嶺樵漫筆

○幽期　未刻　沈則平

宜春令　用齊微韻

寒侵夜人去幃向東家尋蹤問跡他曲房深閉俏從窗隙將他覷見他背銀燭慢解羅襦繞沉烟緊籠鴛

被低低叫叫多情待等是莫先睡

前腔

他聲驚驟意自疑急抽身輕輕問誰半將門啟側身推過剛行禮問今夜人可知之比別宵來何遲矣奈此更闌漏短再休得擔滯

前腔

釵橫墮梳亂款乍同衾將身扭回只推不就要郎下氣先輸巳下工夫絮語柔情儘伎倆蜂痴蝶醉這搭山般海樣敢忘恩義

前腔

鷄三唱鳥漸飛夢方濃虧他喚廻莫貪歡會明朝惹事鬧合氣枕兒邊顛倒衣裳粉花香尚餘溫袂且喜回來尚蚤曉星還未

天然丰度絕無脂粉之氣此調可與青門先生寶花欄一曲並傳如此等詞散曲中信不易得至於韻調和叶尤其剩枝 嶺樵隨筆

○閨怨 巳刻 康對山

香羅帶 用車遮韻

東風一夜列雲收雨歇傷心怕見窗外月嘆姮娥獨守廣寒闕也爲我多愁處照離別更長漏永燈半滅

合便做扯折金針也解不得我愁腸千萬結

前腔

愁腸千萬結實難打疊新愁舊恨都莫說怎捱過今夜這時節也只見雕牀靜綉幃揭無言怕聽那窗外鐵

合前

醉扶歸 仙呂

鶯儔燕侶恩情絕鸞交鳳友頓抛撇本是韓朋塚上

兩鴛鴦番做了莊周夢裏雙蝴蝶合曾和他綉帶結
同心反教我翠袖沾紅血

前腔

雲鬟散亂金釵折腰肢瘦損絳裙摺誰想燈花不准
鵲聲空再來不把金錢跌合前

香柳娘

嘆陽關唱徹嘆陽關唱徹井梧飄葉把佳期望到梨
花墜雪這深盟永訣這深盟永訣秦期晉約都成吳
越合要相思妥貼要相思妥貼直待黃河水竭泰山

崩裂

前腔

奈衡陽信絕奈衡陽信絕綢繆喜悅如今博得個憂愁慘切想音調韻叶想音調韻叶香偷玉竊斂了花殘月缺合前

尾聲

啼痕界破桃花頰蛾眉蹙損遠山月縱使蠟燭成灰心尚熱

○何姬昭華訪余玉山西歸賦送　已刻梁少白

香羅帶 用尤侯韻

天寒澤國秋斜陽渡頭佳期千里一夕休只見湖平
月落水西流也載箇人兒去竟難留傷心滿目不盡
愁誰料別院三杯酒斷送清溪一葉舟

醉扶歸 仙呂

好時光故把情拖逗惡姻緣何事苦追求新相知都
爲强支吾舊時交反把人掣肘金盆覆水總難收梨
花冒雨甘消受

香柳娘

漫懷人倚樓漫懷人倚樓不堪回首一林黃葉清霜
皺對孤燈細籌對孤燈細籌今夜到湖州蛾眉暫開
否想心情不自繇想心情不自繇簾櫳下鈎黃昏清
晝

尾聲

秋來更比黃花瘦勸卿卿不須僝僽有一日遇箇人
兒定好逑

○憶情　未刻

香羅帶　用東鍾韻　　秦復菴

去年三月中花香酒濃合歡喜貪春夜永今年三月嘆飄蓬也各自隨風轉任西東香消麝蘭翠被空寂寞黃昏也萬種離愁兩地同

醉扶歸 仙呂

諦呢喃紫燕驚塵夢舞翩翩蝴蝶撲香風斗月明花底怨啼鵑怕更深枕上傷孤鳳盼佳期枉費念頭多惜殘春陡覺相思重

香柳娘

任花如錦叢任花如錦叢尋芳誰共凭欄有恨無人

懂牡丹亭迤東牡丹亭迤東見朶並頭紅俄然轉心

痛恨無端化工恨無端化工不杷離人生成一種

江兒水　仙呂入雙調

漫道心如繡爭看氣吐虹竒才撼得天關動也難跳

出腤臢衙急流會把人擴送無限愁來簇擁薄命柔

軀赤緊處繇他剔弄

園林好　同上

有條路陽臺可通似阻隔巫山萬重信那個傷人讒

訟誰爲你繫青驄徒使我怨蒼穹

玉交枝　同上

愁眉頻縱意中人如何放鬆心頭沒箇相思空怎禁得碎搗零春聽殘曉鐘聽曉鐘起來日上簾鈎控把往事閒提幾宗都記在煙花簿總

玉抱肚　同上　俗以胞誤

梅花三弄落紅香燕泥煖落見狂蜂也解隨人是游絲畢竟捹風春光有限恨無竆難把衷腸訴便鴻

猫兒墜玉枝　改商調

〔猫兒墜〕憐人懷抱無奈理絲桐錯亂宮商調不同〔玉〕

〔交枝〕高山流水再難逢思量往事如春夢等你呵怕祆祠火烘待你呵恨藍橋水湧

尾聲

武陵春桃源洞何時鳴珮下瑤宮空教我雲想衣裳花想容

此詞向爲予所稱賞惜久爲淹沒每讀對山少白兩作輙有遺珠之嘆今偶爾簡出不勝心喜想豐城之劍要亦不肯自甘沉埋也附識　嶺樵

○恨別　巳刻　　陳秋碧

香遍滿 用尤侯韻

因他消瘦春來見花眞箇羞羞問花時還問柳柳條嬌且柔絲絲不綰愁幾回暗點頭似嗔我眉兒皺

懶畫眉

無情歲月去如流有限姻緣不到頭懨懨鬼病幾時休綉戶輕寒透十二珠簾不上鈎

梧桐樹犯 商調

梧桐樹 黃鶯似喚儔紫燕如呼友浪蝶狂蜂對對還尋偶無端故把人僝僽一片身心如何教我得自繇

【五更轉】梨花細雨黃昏後靜掩重門只與燈兒厮守

浣溪沙 以下南呂

我容貌嬌他年紀幼那其間兩意相投琴心宛轉頻挑逗詩謎包籠幾和酬他去久有些箇風聲兒未真實見人須問箇因繇

劉潑帽

浪遊那里青驄驟向吳姬賣酒罏頭烏絲醉寫偎紅袖厮逗留半霎兒渾忘舊

秋夜月

恩變做讐頓忘了神前咒耳畔盟言皆虛謬將他作念他知否他待要罷手我何曾下口

東甌令

難消悶怎忘憂抱得秦箏上翠樓絃聲曲意皆非舊淚濕了春衫袖青山疊疊水悠悠何處問歸舟

金蓮子

表記留香羅半幅詩一首做一箇香囊兒緊收怕見那綉鴛鴦一雙雙交頸睡沙頭

尾聲

等待他來時候薰香重整舊衾裯把往事從前一筆勾。

梁少白

○寄王桂父 有序 已刻

無翼而飛者聲也不根而固者情也聲繇虛發故隨地而馳情自實生每從恩而使非今獨爾自古爲然余性喜纏綿意偏感慨一承他人之徵聆即爲我輩之所鍾而况以楚館之神姬值秦臺之逸史心堅匪石契同若蘭陟馬鞍而宵誓同效弟子之和南駕鵲首而晨游獨憐夷君

之敗北感投囊之盈袖帳寄翰之連箱能無報
惠之章遂著閒情之賦

香遍滿 用蕭豪韻

雲容月貌尋常淡粧難畫描出落丰神年尚小一團
都是俏還憐情性調總然萬種嬌不易得千金笑

懶畫眉

蘭房聲價一何高才調當年似薛濤因此上元郎不
憚路途遙爭奈他枇杷花下青書杳怎能勾直至成
都萬里橋

金絡索

〔金梧桐〕匆匆歲月消寂寂音容悄曾記蘭舟避跡潛移棹春山暗裏游〔東甌令〕怕相拋執手偎依厮纏着偸怳背語回身蚤〔針線箱〕側坐防人驀地瞧〔解三酲〕誰知覺〔懶畫眉〕至今猶認夢中遭〔寄生子〕今日可又不是水遠山遙爲甚麽無消耗

浣溪沙

你情自投我恩難報最堪憐兩地蕭條憑誰訴與娘行道我不似青樓名倖薄雖見許恐無憑話未眞實

只落得夢斷魂勞

劉潑帽

畫樓頻倚想雙蛾俯對簾櫳淒楚無聊瑤琴謾寫相思調音韻喬彈出些孤凰操

秋夜月

初夏交說那日人曾到蠅頭小字親相召誰知病滯文園老空回帖草草枉歸程渺渺

東甌令

難消受印心苗未必空亾坐本爻紅鸞幾日輪佳造

必定有花星照那時節華燈爗爗影搖搖偷卸翠雲翹

金蓮子

鸞鳳交恩情美滿同歡樂這一段姻緣兒怎拋恰正是遇雲英一雙雙仙子渡藍橋

尾聲

共引入蓬萊島仙源此去路非遙洞戶雙吹碧玉簫

○閨怨　未刻　　顧道行

香遍滿　用尤侯韻

別來時候孤鴻幾番書未修恨疊秋雲無奈陡離情

休未休何時却斷頭相思含兩眸血染楓林瘦

懶畫眉

蘆花吹白上人頭鏡裏蕭疎不耐秋敲窗落葉冷颼

颼人怯黃花瘦把有限柔腸觸無限愁

梧桐樹犯 商調

【梧桐樹】愁眺白苧秋病怕黃昏後月暗燈殘冷落還

生受常時有約何曾就人隔重門音書便有怎暗投

【五更轉】鸞求雉雛無心奏帳冷香消只索把被兒空

摟

浣溪沙

我心共口不自繇怎生念口裏心頭心頭却怨參商
緊口裏常躭歲月憂空厮守我這裏愁他別來久不
知他心有心丢

劉潑帽

便教相見也難如舊想甚麼情意常投厖兒一半因
他瘦背地流淚濕青衫透

秋夜月

衣思金雨醉溪
染楓葉霞

生前欠修命兒裏孤星守背後人前名兒醜因他沾
手難丟手見三星一鈎怨河分兩宿

東甌令

琴絃絕鏡塵浮鸞鳳空留釵並頭同心帶綰何曾久
離恨常相守燈花鵲噪總休休歡喜夢中求

金蓮子

還自羞黃昏夜雨重門叩他別後歲月如讐恨殺那
等閒閒把青霜容易白人頭

尾聲

風流滋味都嘗透那知我害不了的相思還有除非
是夢裏尋他續斷頭

○閨情 未刻 王伯良

香遍滿 用尤侯韻

從他別後相思那日不淚流想在心頭提在口想他
沒斷頭提他不自繇人前怕着羞瞞不得羅衫袖

懶畫眉

婦人家情性忒嬌柔他當日匆匆說遠游枕函邊悔
不苦相留錯放却臨岐手贏得恩愛無多剩覓箇愁

梧桐樹犯 商調

〔梧桐樹〕他離情挽不留。我病眼看成疚。送出紅閨折不上長亭柳。他蕭蕭馬去空回首。我黯黯燈殘獨倚樓。〔五更轉〕黃昏掩上紗窗繡。從此經年做箇空房自守。

浣溪沙

他囑付頻留連。又繫人心賣箇溫柔。慢道受些憐惜償些瘦。經得凄涼耐得愁。情緒陡我爲他近新來對粧臺幾時得好好梳頭。

劉潑帽

他說道天河見鵲歸非謬誰知似籠鴒一放難收到如今荷花謝了芙蓉又煞逗遛只是我下不得將他咒

秋夜月

書信修寫罷纖纖手心事重重題難就啼痕點點封來緘有新詩一首并青絲一綹

東甌令

親將寄幾時收他兩字平安報未酬多情恰喜多消

受冷落殺清秋候爲郎憔悴替郎憂又寒色到衣篝

金蓮子

歲月遒把金鞍盼斷君知否更莫問門前紫騮怪連宵眼睜睜和夢兒也不肯就牀頭

尾聲

說與他便相逢今非舊風流人去減風流只剩得常鎖眉梢翠一鈎

○傷逝　巳刻　麦初成

香遍滿　用魚模韻

芳時輕度流光自來如軃𩾏兒皓齒明眸容易誤了

憎人已無風流分已孤英雄淚欲枯這宽苦憑誰訴

懶畫眉

錦浪愁看戲雙鳧恐聽垂楊耶晚烏淒涼更自恨居

諸天公獨解將人妬只揀心疼的便下手毒

梧桐樹犯 商調

〔梧桐樹〕潘安果幾多沈約腰如許張敞何郎一箇箇

揉碎了姻緣簿也是無端撞入桃源路一笑相逢便

自情意孚〔五更轉〕乘槎巧向銀河渡月夕花朝鎮把

琴心廝訴

浣溪沙

理舊絃酬新曲傲殺他卓女當壚燈前看繡青鸞譜

席上同傾綠蟻壺良宵度也懷揣道秀才們何處福

到今日生闖入怨府愁窟

劉潑帽

西風一夜嬌花仆美前程到此囂虛夜臺前猶試他

金蓮步莫使符生板障陽臺路

秋夜月

空嘆吁恁恩情成畫虎蕙帳鸞牀都如故傳山沉水閑無數那裏是他去所怎生爲咱計處

東甌令

空有行雲賦會眞圖擬得崔徽舊日模欸臨倩儘着霜毫禿寫不出千愁簇顛來倒去眼模糊百忙裏响銅壺

金蓮子

有計無問還丹道士在甚途便能助玉人兒體蘇也贖不了擁衾裯獨蹲跧腸斷一春餘

尾聲

月明徙倚空庭步影隨身還疑伴侶怎禁得剗地回頭一個無

○閨思 巳刻　　古詞

針線箱　用真文韻

自別來杳無音信昨夜裏燈花未准五行中合受淒涼運真箇是惱人方寸有時節獨立在垂楊下可奈枝上流鶯和淚聞合消紅暈縷金衣上一點點都是啼痕　此調時虛皆作解三醒唱殊為可嘆

前腔

過一日勝似三春看看的春光將盡害着不疼不痛懨懨病漸覺道帶圍寬褪正是落紅滿地胭脂冷早雨打梨花深閉門合前

解三醒 仙呂

待寫下滿懷愁悶更說與外人不信迴文錦詞徒織就倩誰訴與斷腸人幾番待撤尋思別事因爭奈一夜歡娛百夜恩合魂牽引非因害酒只爲傷春

前腔 換頭

海棠嬌等閒憔悴損又不見當時花下人東風不管

離人恨苦吹散楚臺雲如癡似醉悠悠勞夢魂恨不得飛上青山立化身合前

尾聲

恨薄情無憑准終朝思省淚珠湮這様傷心空自惡

○春閨 白雪齋改刻 史叔考

針線箱 用歌戈韻

萬斛愁等閒堆埵終日裏長眠短臥看嬌鶯乳燕蝍

花朶俏不覺繡簾穿破嫩紅香斷送在雕欄外九十

日春光似擲梭愁城大悶無聊空自怨粉羞蝶

紅衫兒　填頭

爲甚的躭饑餓爲甚的受攧簸爲甚的淚眼滂沱爲甚的蟬鬢婆娑總差訛做下了平地風波將人來結果雖只是紅顏命薄恐教人没下落

太師引　填頭

相思闖破重門鎖夢魂兒天涯任過你雖做無情喬木怕難辭有意絲蘿若還肯將錯就錯愁甚麼有身無舵敢只是邪傷人調唆又添個做媒的學了蕭何

醉太平 仙呂 換頭

蹉跎花情挪思做半牀春病一枕沉疴追思往事真個是夢裡南柯騰那空憐孤另似姮娥除却你便當數我良宵躭閣人間天上都是愁窩

三學士

數尺紅綃雙足褭蔫忽地線斷絲磨浮生已信霜前草弱質誰憐燭底蛾十二時辰都折挫只恨自敢嫌他

大研鼓 或作迓

佳期無奈何洛陽逢我花謝偏多騰騰焰烈祆神火
咫尺藍橋漲白波有限光陰都歸病魔

尾聲

珠淚彈衫兒汚一點傷心無那跳不出情山與愛河

此曲子猶先生向有改作頗稱致家病中偶爾
閱及妄爲効顰竟忘其工拙也附識 嶺樵

○訪桃花美人 已刻 張少谷

懶畫眉 用尤侯韻

玉人家傍碧湖頭楊柳青青一徑幽壁桃花裏露紅

樓輕輕試把門兒扣只見他正捲朱簾上玉鈎

不是路

謾整搔頭乍見花前尚害羞分離久三春轉眼又經秋共登樓殷勤細把相思剖翻惹凄凉淚暗流愁掩逗你真情豈似章臺柳教我怎生消受怎生消受

掉角兒 仙呂

囀春鶯重聽歌喉向朝雲再依紅袖可憐人皎皎不肌更如蒽纖纖素手且邀懽弄銀箏調寶瑟度新詞翻舊譜共傾杯酒櫻桃笑口秋波兩眸繡牀前醉鬆

羅帶慢擁衾裯

尾聲

風情却喜渾如舊趁花上月明時候殢雨尤雲樂未休

○幽期 巳刻

懶畫眉 用庚青韻　　沈青門

寶花欄十二玉亭亭月轉層樓香霧凝嫦娥有約在初更徘徊立徧蒼苔徑驀夜柳影風搖幾度驚

不是路

悄悄冥冥只見他轉過沉香六角亭簾櫳映依俙環珮夜無聲乍逢迎對籠雙袖梨花冷寶釧金寒玉腕冰嬌癡性却繞相迓還相倩戲鶯不定戲鶯不定

棹角兒序　仙呂

香梳挨銀泥翠屏煖襯鋪紫藤花櫳解酥胸釦扉珍珠吐丁香臉偎仙杏怎禁他任狂蜂隨浪蝶偷青鸞顛繡鳳喘吁廝應親親氣命低叫幾聲悄一似哀[illegible]未曉月底聞鶯

尾聲

分明人在神仙境一段巫山夢未醒明夜還來花下等

○題情 已刻

懶畫眉 用魚模韻

沈伯英

落日遙岑淡烟孤蕭寺昏鐘分外疎陽關剛唱一聲初早離人耳畔添凄楚生斷送黃公舊酒壚

不是路

歌酒呼盧奈酒債歌聲都被愁思拘關情處離離江樹片帆速漫躊躇把沈魚落雁輕發付倩魚雁何年

好寄書愁雲暮眼看生隔藍橋路好生難渡好生難渡

棹角兒序 仙呂

喚人歸賓鴻亂呼撮怨恨秋光無數恰住着送客西風又添起助愁白露今夜裏明月洲黃蘆岸翠薇山青村塢何處棲宿玉銷香斷花殘月孤這的是五行拗運合受催促

尾聲

安排好夢尋他去只怕一夜清霜斷綠蕪渺渺長途

尋我魂夢也

○題情　已刻顧江東白苧詞　沈青門

懶畫眉　用尤侯韻

小名兒牽掛在心頭總欲丟時怎便丟渾如吞却線和鉤不疼不痛常掩逗只落得一縷相思萬縷愁

不是路

無了無休鎮日縈牽不自繇難窮究只因幾度送雙眸謾追求假若他不應花前卬為甚麼還將熱話兜休相誘有心待共鬆羅扣不如蚤些成就蚤些成就

棹角兒序

任勾差隨時應酬趂埋寃總然承受不爭差性命心肝好一似爹娘骨肉又何曾氣兒呵情兒拗話兒嘲罷兒訕一些相鬭隨銜聽候朝來暮休但得個尤雲殢雨勝似封侯

尾聲

憑將風月都拋首不信寃家不轉頭終有日飛上紅香燕子樓

○怨離詞 未刻 龍子猶

繡帶兒　用車遮韻

離情慘何曾慣者特受這個磨折終不然我做代鈇的情郎你做過路的妻妾批頰早知這般寃債誰肯惹被人罵做後生無藉青樓裏少甚調風和弄月直恁蠢魂靈依依戀着傳舍

前腔　換頭

作業千般樣牽腸掛肚怎能彀一筆銷衹似這般軟款趨承再休提伶俐幫貼悲咽偶將飛燕閑鬬也你想不想舊時王謝心兒裏知伊冷熱只奈何得少年

郎清清捱着長夜

太師引

他去時節一似無牽扯只教人搥胸叫絕自沒個雙字兒傷犯也何曾敢眼角差別野鴛鴦心性終飛越說將起薄情難赦還㗇你自看做尋常狹邪把絕調的琵琶輕易埋滅

前腔

幾番中熱難輕捨又收拾心狂計劣譬說道昭君和番去那漢宮家也只索拋撇姻緣離合都是天判寫

天若肯容人移借便唱箇諸天大喏負天道無知怎解這離別

三學士

空計香偷和玉竊少磨勒恁樣豪俠說道書中自有千鍾粟比着商人終是賒此情若向粧臺說道從別後我消瘦些

前腔

沒巴臂的相思無了歇怎當得這半世鬱結畢竟書中那有顏如玉我空向窗前讀五車此情若向粧臺

說問從別後你可也消瘦些不用尾聲

○怨夢 未刻

龍子猶

大勝樂 用歌戈韻 俗以聖誤

勞寃家難遣心窩怪雙眉常自鎖思辜義寡我也丟得過直恁的費吟哦料想是露凝荷葉空留戀祇不過水上桃花知怎麼合此恨終沒結果則索高擎慧劍斬斷情魔

前腔

便比你做賽瓊花獨一無多被攀折須不可假如你

在花前月下難忘我也只是空記念怎騰那明如是
有團有散宴筵席反害了無夜無明久病痴合前

不是路

夢裏差訛化那鴛鴦做一窠知他是人間天上鬼婆
婆笑呵呵要時相問還相賀虧殺你跳出清淇萬丈
波情如火一場歡喜天來大被鳥聲啼破鳥聲啼破

掉角兒序 仙呂

眼兒前恍惚婆婆舌兒尖淋漓香唾枕兒上愁增還
挑被兒中愛河重墮想他那如芽花似朶影難拿風

難縛鬧市張羅。合當初會少。如今夢多。惱殺人。魂來魄往可奈他何。

前腔

誓今生決不念他。又誰知夢中提我。喜相逢白日難求。惡相思夜間怎躲。恨他去無蹤。來無影。慣㦬㦬頻跌蹉牆壁哥哥。合前

尾聲

劣冤家能作禍。常把芳魂撩我。畫箇真兒供養他。

○春懷 未刻　　王伯良

梁州序 用庚青韻

粧慵玉鏡香消金鼎日午華堂人靜王孫芳草知他何處閒行設有楊花飛素桃萼飄紅已遍青苔徑無聊常殢酒病難勝鎮日懨懨倚翠屏雲髩亂不堪整

前腔 換頭

悵江南舊事無憑盼天涯斷鴻難倩漸西樓月滿畫闌愁凭常恨歸期空訂嘶騎不來一似缾沉井絲窗銀燭暗又深更立盡梧桐影半明誰似我恁孤另

按南九宮譜梁州序以荆釵記家私迭等一曲

爲則此曲其正體也諸如琵琶記新篁池閣一體皆犯賀新郎者乃世誤以爲梁州序而反以前調爲古梁州又或名之曰梁州小序謬矣

○夏閨 巳刻　陳秋碧

梁州新郎 用家麻韻

梁州序 西園暮景南軒初夏長日端居多暇樓頭楊柳陰陰漸可藏鴉無奈關心杜宇惹恨鶺鴒占定荼蘼架芭蕉分綠也上窗紗閒看兒童捉柳花 合 賀新郎 珠箔捲金鉤掛悄無端一夜東風大花亂落謾嗟呀

前腔

瑤臺寂靜畫欄幽雅一樹薔薇低壓鴛鴦兩兩飛來煖傷晴沙爲甚金鍼閒却綵線丟開刺繡都停罷舊巢新燕子語窗紗又見蛺蝶雙雙入菜花合前

前腔換頭

枕痕橫臉玉生霞篆烟微麝香消鴨對銀箏無緒雁行空駕幾度閒尋舊譜試學新聲欲演還拋下絲絲梅子雨潤窗紗無奈少女風前爛熳花合前

前腔

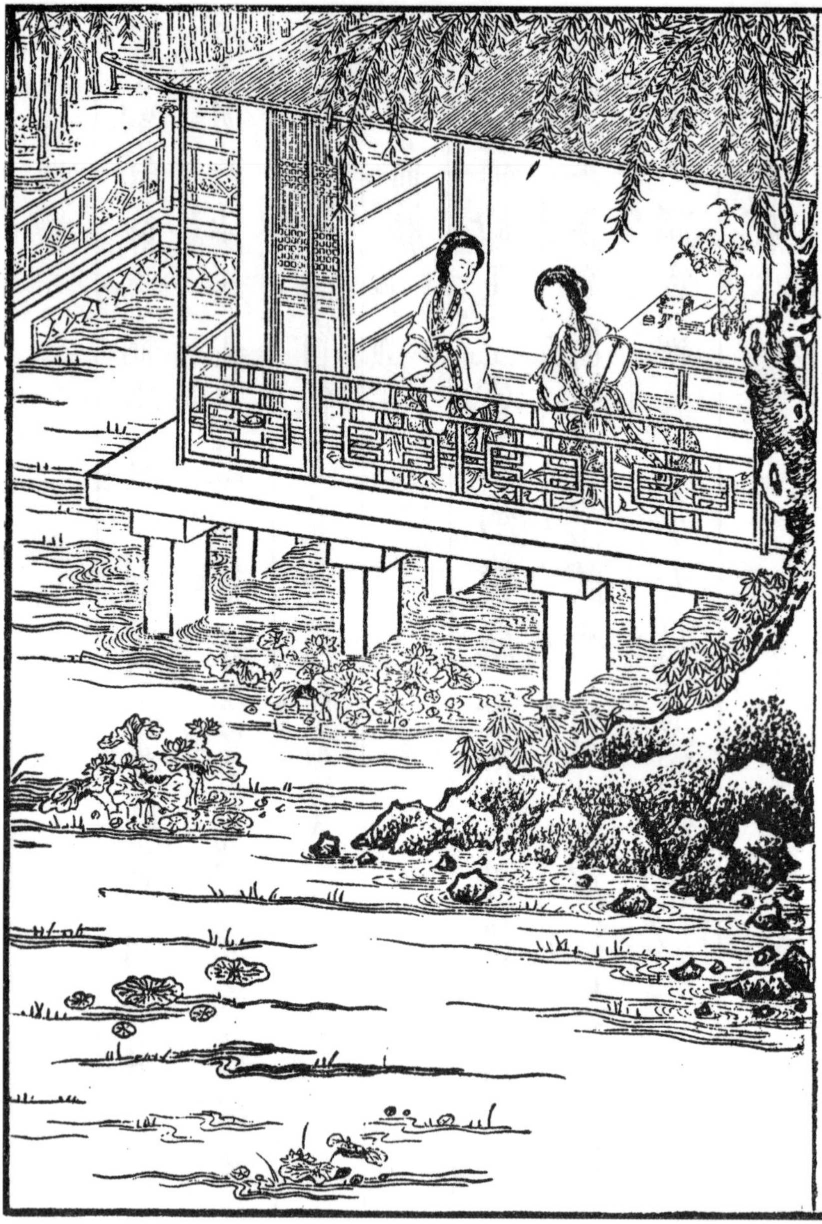

鸂鶒兩兩飛來
鵔倚晴沙

對香奩朱粉慵搽臨寶鏡青螺羞畫病懨懨多半爲
他瀟灑堪笑鸚鵡解語鸜鵒能言把薄倖提名罵開
遲紅芍藥映窗紗爲甚送盡春風始見花 合前

節節高

蓮舟戲女娃笑聲譁蘭橈水濺凌波襪貪懽耍兩髻
丫雙鬟亞青青荷葉無多大折來莫把絲牽掛 合翠
羽飛來綠葉叢最玉盤欹側瓊珠下

前腔

乘陰傍水涯數歸鴉那看淚染鮫綃怕音書假辜負

咱多嬌姹歸期總是虛胛話長房縮地憐無法合前

尾聲

芳時一任東風嫁對良辰懽情未洽難道經秋不到家。

○閨怨 已刻　　沈青門

梁州新郎 用尤侯韻

梁州序 朱明佳景綠陰清晝盡日飛花鴛甃夢驚芳草風簾搖拽金鉤正是屏山人悄沉水煙消此際堪憔瘦楚天人共遠謾凝眸倚遍西江十二樓合

賀新郎

春巳盡愁如舊怕黃昏寂寞難消受權會少別離又

前腔

斜陽芳草淡烟疎柳又是棲鴉啼後悶來無語凭欄錯認歸舟空有藍橋心約紅葉情詞底事成虛謬舊遊人在否水空流雲鎖當年望月樓 合前

前腔 換頭

嘆巫峯雨歇雲收恨陽臺釵分鏡剖記臨岐執手淚盈衫袖只恐關河迢遞落日長堤千里空回首相思分兩地恨悠悠辜負今宵月滿樓 合前

前腔

立斜暉目斷荒丘倚危樓聽殘寒漏淺紗廚月冷斷魂時候記得前春遊賞月下花前有箇人携手揚州孤夢破倦追遊更與何人上翠樓合前

節節高

花間鶯燕儔動離愁孤鸞羞舞菱花剖相思久恨未休人消瘦羅衣寬褪芙蓉釦鮫綃不禁啼痕透合但願延平劒再逢珠還洛浦圓如舊

前腔

瑤臺月影收露華浮看江空夜靜天御斗頻擡首徹夜愁濃如酒在香消寶篆寒金獸誰憐獨自個空僝僽合前

尾聲

分離不似今番驟望斷煙波萬頃秋愁滿天涯無盡頭

○詠遇片心樓改本　唐六如

梁州新郎　用皆來韻

梁州序　飛瓊伴侶神仙姿態一種風流無賽輕籠淡

歸娉婷別樣安排那更蘭心柔膩蕙質溫存性格偏

堪愛錦春浮簇處好紅白偏占屏前第一釵（賀新郎）合

秦臺畔巫山外把真情牖裏相傾待惟願取永和諧

前腔

霞籠杏臉春生銀海乍見靈心先解匆匆幽恨低從

曲裏傳來暗把酒浮花瓣香結鮫綃勾却前生債子

金同一刻暢奇哉不用情傳雙鳳釵合前

前腔換頭

錦雲明花滿樓臺翠烟浮榭擎飛蓋喜青春遊冶瀟

洒襟懷正好偎紅倚翠爲雨爲雲牢結同心帶香月
雙並處樂無涯輕郄當年十二釵 合前

前腔

自慚無華國雄才怎消受傾城眉黛喜瓊花玉樹並蒂同栽 最好是 芙蓉帳裏明月窗前底事無聊賴嬌凝嗔半醉鬢雲歪珊枕欹斜墮玉釵 合前

節節高

簫聲起鳳臺彩雲開銀蟾湧出瓊瑤界少香浮靄花开
埋三星在雙雙携手深深拜江枯不爛情無懈 合 盟

言從此記心懷莫教犯却神前戒

前腔

佳期莫浪猜命中該鳳幃香煖春如海心兒快絕世才無瑕色當壚重遇臨邛客從今牢佔鶯花寨合前

尾聲

這姻緣應無賽似趙璧隋珠合彩願世世蟠桃會裏來

○春閨已刻　張伯起

梁州新郎用先天韻

〔梁州序〕瓊樓人靜綺窗塵遠簾幙春風輕軟花開花落相思易惹難痊正是晝長人困鳳管簫然此際情無限啼鶯聲亂也攪春眠雨地牽愁各一天合〔賀新郎〕韶光逝難留戀對東風無語空長嘆人別後幾時見

前腔

荼蘼香軟海棠枝懶雨重紅芳消滅羅帷岑寂玉爐飛斷沉烟謾把絲桐閒整別雁離鴻總是傷春怨闌干凭欲遍夜如年露滴香埃月滿天合前

前腔換頭

掛斜暉椰帶蒼烟舞雕簷桃花紅豔更璚堦人悄漏傳銀箭落得西樓閒倚望入雲林人共天涯遠當年攜手處草芊芊番做愁雲怨雨天合前

前腔

落晴霞影亂文軒瀉寒濤冷侵眉黛更江空風送一聲歸雁只恐關河迢遞信斷衡陽離恨憑誰遣銀釭燒盡也不成眠人去空遺離恨天合前

節節高

垂楊月影圓漏將殘花梢露滴珍珠濺重門掩聽杜

腸啼紅怨流光頻向愁中變惜春不禁芳心亂合殷勤分付與東風莫教凋盡桃花片

前腔

榆英落翠鈿舞簷前空階風送香塵淺春宵半蝶夢闌鄉心轉玉人此夜應腸斷啼痕界破梨花面合前

尾聲

倚樓空把歸舟盼對景教人思悄然何日重逢續斷絃

○惜別 有序 已刻　凌初成

余身作秣陵之旅客心作吳門之故人正苦孤踪忽來仙旆兩情俱暢一意爲歡猛傳突起之餽餯竟致頓歸之痕徂徒使青衫濕淚反看綠鬓蒙塵不禁寂寥謾形歌詠

梁州新郎　用先天韻

〔梁州序〕擔囊京國閒吟空院追憶芳塵悽怨柔腸[illegible]處從天降下輜軿依舊自腰欺弱柳步蹴金蓮歌罷桃花扇相逢先一笑態嫣然夜月輕彈念五絃〔賀新郎〕合方歡會諧心願被罡風吹得朝雲變消阻事陡

然見。

前腔

祆廟烟烈藍橋波濺衣帶從今寬展搴幬佇望殘膏剩馥依然鎮自把燈前絮語枕畔盟言夢裏空敷演高山流水調有誰憐閒盡相如綠綺絃合前

前腔換頭

啓朱唇頻誦新編露纖手時鐫秦篆這風流旖旎總堪畱戀還記得呼名低應偎臉微酡拍按喉輕囀彈毫空落紙似雲烟誰譜新聲被管絃合前

前腔

拚沈醉有酒如泉恰欠申殘燈空顫剩羅緯繡幕竹

奴爲眷還念他長途炎日旅舍淒風暗損如花面千

般無意緒總堪捐一任蛛纏錦瑟絃 合前

節節高

薰籠懶自然靜無烟和衣亂倒孤衾冒遲空蘸桃邅

遷顧支遍顛來倒去渾難便挑燈索候催銀箭 合 未

審相逢是何時不覺腹中車輪轉

前腔

終宵思黯然想從前懵騰一會心驚戰聞聲囀慌並肩歡相見元來是夢魂闖入蓬萊院虛無縹緲和卿面合前

尾聲

從來好事多更變最苦是皷雷成陣打盤旋又奏箇不做美的迢迢未曙天

○秋閨寄遠未刻　陳藎卿

梁州新郎　用江陽韻

梁州序　金風蕭瑟銀河高朗最惹離人愁況雙星耿

耿相思兩地參商喜今夕橋填烏鵲駕擁紅雲會合瑤天上六街晴色也動秋光一夜征人盡望鄉〔賀新郎〕奴命薄郎心蕩空教寂寞芙蓉帳帷明月照流黃

前腔

記得紅亭落照滄江雙槳含淚和君相向驪歌未罷牽衣且問歸航你道少須三月多則經年聚首章臺上秋來鳧雁也下方塘猶自音書滯一鄉〇關河遠恩情曠緣愁白髮三千丈明鏡裏見秋霜

前腔　換頭

怕霜繁欲寄衣裳悄沒個人兒來往正高梧下葉片片焜黃空把芙蓉笑靨楊柳纖腰減盡風流樣獨眠人愧也合歡牀怎得他一宿秋風憶故鄉○門靜掩燈微亮夢魂恨殺雙砧響呼侍女夜添香○

前腔

石頭城樹色蒼蒼落桃葉渡歌聲嘹喨是繁華六代千壘金湯四此上花迷漁父草怨王孫總卻文君恙天涯一望也斷人腸你莫指雲山認故鄉○儘別院歡情暢穿針巧笑危樓上誰念我獨沾裳○

節節高

從歸薄倖郎記年芳關關匹鳥相依傍到如今巫山障湘水泒泰瀼莽秋風團扇輕抛漾蹉跎歲月歸期爽莫教長袖倚欄杆白蘋紅蓼添惆悵

前腔

江頭橘柚香見飛航倦遊都爲鱸魚上翻怪你襟懷放蕩墨長交遊廣故令踪跡萍浮浪臨邛久絕瑤琴響人傳郎在鳳凰山白頭寄恨多勞攘

尾聲

討歸來黃花放好向花前共舉觴休隔銀河牆自傷

○題情　巳刻　沈伯英

繡帶引　用歌戈韻

【繡帶兒】驀忽地雙眉頓鎖層層疊箇愁窩心苗內種得恩深春絲裏惹得情多蹉跎【太師引】萍蹤雨下難定妥鄉根線恐他失蹉都歷過從前折磨非容易如今風不揚波

懶針線

【懶畫眉】憶昔相逢兩情和浪友狂朋幾調唆慳雲澁

雨屢經過【針線箱】任教他百樣相摧挫只恐受痛腸
無那有時節背地頻留意有時節人前佯譎訶他和
我許多科段都只恐或被人睃

醉宜春

【醉太平】知麼閒身未老爲傷離怨別無奈卿何珠流
淚顆塡不滿慾海情河差訛譁言水盡欲飛鵝【宜春
令】管成就鴛鴦則箇好待枝成連理那時結果

鎖窗繡

【鎖窗寒】送得人特地風魔廢寢忘餐只爲他漏風聲

又恐打破沙鍋雲帆霧禁時或相左願卿卿緊持心舵〔二〕

（繡衣郎）又何須論分離會合又何須論分離會合

大節高

（大勝樂）經年遠隔斷銀河到秋期還證果塡橋靈鵲應相賀

（節節高）風流貨錦繡窩珠璣唾春纖攜處寒暄過問郎何事音書悄悄語娘行莫相疑傳書怕教人宣播

東甌蓮

（東甌令）千金笑半含酡妾不相疑聊試哥從今不放

君移舡儘占了鶯花座饒他蜂蝶淚瞧科（金蓮子）敢覷着翠紅鄉兩鶼鶼相守在輕莎

尾聲

把離情一筆都勾過這歡會非同小可要見情長須是磨滅多

○爲董遐周贈薛彥升　有序　未刻　龍子猶

苕溪董遐周來遊吳下偶於歌筵愛薛生密與訂晤舟次夜半而生冒雪赴約情可知已一別三載遐周念之不釋物色良久忽相遇於武陵

突而弁矣丰姿不減余目擊其握手唏嘘之狀
因爲詞述之

繡帶引　用皆來韻

〔繡帶兒〕風流性歡山笑海堪憐俏的身材當場喜殺兒郎深閨妬殺裙釵緣該〔太師引〕歌殘舞罷把餘歡買肯分地坐兒做一塊情偷送密約暗諧愁殺人孤舟雪夜把更捱

懶針線

〔懶畫眉〕繡被香籠蚤安排似到還非幾淚猜更深雪

重悄寒崖 【針線箱】多應他弱體愁尷尬辜負了子猷
思戴夢驚回舟動聲徹咳合喚名兒做薛夜來相憐
愛把貂裘擁護親手溫腮

醉宜春

【醉太平】舒懷渾忘量窄取醇醪痛飲拚醉陽臺春生
繡帳似梅花雪裏香開心哀他衝寒來到恁癡騃【宜
春令】這恩德猶如天大縱有分甘割袖此情無賽

瑣窗繡

【瑣窗寒】自當時植下根荄指望傚紅飛雙鼠偕忍教

他隨行逐隊玉轀香埋縱使銅山盡銷儂情不改誓不學那棄魚無賴【繡衣郎】又誰知姤花風忒歹又誰知杜鵑聲更歹

大節高

【大勝樂】從別後信斷音乖等閒間便隔一二載錦營花陣飄泊知何在【節節高】蜂蝶羣鶯燕窩鴛鴦派風雲隨例青樓態虛脾爭似真心耐想雪夜孤舟是何人越教掛却相思債

浣潑帽

〔浣溪沙〕他便做柳絮飛我怎把浮萍待謾勞人踏破鐵鞋向歌雲停處探丰采多管瘦損潘容在天一涯

〔劉潑帽〕他心中料也渾無奈得再諧恰便似從天賚

東甌蓮

〔東甌令〕吳宮信共越潮來驀地相逢眞怪哉依稀總非風神在舊日權還再百般心話兩人皆〔金蓮子〕止不住未開言一雙雙情眼淚盈頦

尾聲

佛面前通誠拜新懽舊好儘摩揣那個虧心天降灾

○歡會 未刻　王伯良

宜春樂 用歌戈韻

【宜春令】牛郎遠隔絳河那愁他朝風暮波鵲橋親駕霓旌羽旆從教過又何妨韓女題紅便認個潘郎擲果【大勝樂】這相逢非小可權爲妹妹拜做哥哥

太師垂繡帶

【太師引】你是麗春園嬌滴滴花一朵肯任東風輕隨着逝波他若不是前緣註定喜孜孜那肯自結絲羅看蘭房暗將春色鎖説甚麽蝶眠蜂臥【繡帶兒】謾交

付柔枝嫩柯儘消受一時任教摧挫

學士解酲

（三學士）的的朱唇櫻半顆俏身材一捻輕羅撩人帳底蓮三寸樸臭窗前髮一窩

（解三酲）閒丟抹更聰明伶俐殢得人多

潑帽落東甌

（劉潑帽）篋中錦字堆成垛百千行無奈情何新詩幾首沾香唾

（東甌令）堪誇彩筆屬青娥士女隊有他麼

尾聲

譜麗詞從酬和燈前宛轉費吟哦誰識新翻子夜歌

○閨怨 巳刻 古調

羅江怨 用庚青韻 即羅帶風又名楚江情

（香羅帶）一更夜氣清瑤堦露零殘燈隱隱昏復明強將針指度閒情也思量薄倖全無志誠今宵那搭花徑行（十）（江風）撇得人冷冷清清門掩孤幃靜紅鴛被似冰紅鴛被似冰青鸞夢未成又感起相思病

前腔 用江陽韻

二更露正涼金爐盧香簷前鐵馬聲韻揚悶推鴛枕

嗅梅香也把銀釭點上羅衾欵張知他在誰家繫馬
嘶綠楊○多管是路柳墻花引得他心飄蕩月兒過
粉墻月兒過粉墻風兒透紙窗怎受得淒涼況

前腔 用齊微韻

三更玉漏遲殘燈影移堦前促織相伴啼蛩知他不
是個致誠的也姻緣匹配如何便依到如今只落得
空怨悲○他將那訴過盟言只做個牙疼誓芭蕉細
雨催芭蕉細雨催梧桐清露垂都做了相思淚

前腔 用先天韻

四更睡思纏騰騰困眼分明夢裏來近前我罵他薄情相負是何緣也他臉兒又厚口兒又甜牀兒前跪膝稱可憐○怎下得將他惡語相埋怨一輪明月圓一輪明月圓千金良夜天欲共効于飛願

前腔　用江陽韻

五更覺夜長教奴怎當終宵錦被閒半牀方纔得睡又驚慌也梅香來報那人在堂春風款款入洞房○怪他來揭起羅幃強把他攔擋傷心淚兩行傷心淚兩行薄情紙半張他認宿在平康巷

按南宮譜云。舊譜謂末後三句是怨別。離但怨別離本調無可考。而此三句與一江風後段分毫不差。只以一江風唱之爲是。○曲中思量薄倖二句。梁少白以爲似皁羅袍。非也。此二句即琵琶記香羅帶內擔閣你度青春二句。但每句多一字耳。

○閨怨 白雪齋藏稿未刻 失名

羅江怨 用東鍾韻 又一體

香羅帶 懨懨病漸濃、、誰來和哄、、春思夏感秋、又冬、、把

蕉宵錦被閒
半床

項仲華刻

滿懷心事訴天公也〔一江風〕天不憐人一任你遭磨
弄恩多也是空情多也是空都做了南柯夢

前腔

伊西我在東何時再逢花箋漫寫封又封叮嚀囑付
與鱗鴻也誰料浮沉不把我音書送思量也是空
埋冤也是空都做了巫山夢

前腔

恩情逐晚風心意懶慵伊家做作無始終盟山誓海
耳邊風也不記當初多少恩情重虧心也是空癡

心也是空都做了蝴蝶夢

前腔

惺惺似懵懂落伊彀中無言暗把珠淚傾口心誰想不相同也○一片眞情若個能知重得便宜也是空落便宜也是空都做了邯鄲夢

○閨情　巳刻　楊夫人

羅江怨　用車遮韻　又一體

（香羅帶）空亭月影斜東方既白金鷄驚散枕邊蝶長亭十里唱陽關也（一江風）相思相見相見何年月淚

流襟上血愁穿心上結鴛鴦被冷雕鞍熱

前腔

黃昏畫角歇南樓雁疾遲遲更漏初長夜愁聽積雪溜松稠也○紙窗不定不定風如射墻頭月又斜牀頭燈又滅紅爐火冷心頭熱

前腔

關山望轉賒征途倦歷愁人莫與愁人說遙瞻天闕望雙環也○丹青難把難把衷腸寫炎方風景別京華音信絕世情休問涼和熱

前腔

青山隱隱遮行人去急羊腸鳥道馬蹄怯鱗鴻不至空相憶也○惱人正是正是寒冬節長空孤鳥滅平蕪遠樹接倚樓人冷闌干熱

○代金陵馬瑤姬寄渤海君　已刻　梁少白

九疑山　用真文韻

（香羅帶）江東日暮雲寒鴉遠村關河千里勞夢魂三年不見倍傷神也（犯胡兵）黛眉都瘦損往來空寄信總然要打聽近行蹤無人可問（懶畫眉）鳳城車騎日

紛紜只得勉強支持病裏身奈蕭郎不是箇中人【醉扶歸】寵憐有線無針引因此上杜陵來往沒寒溫到不如崔生日夜常親近【梧桐樹】香囊刺繡新畫扇描蘭俊自着春衫束得腰身緊寄將萬縷縈方寸【瑣窗寒】一星星意真情懇偶鬪君和水館締深盟這總機鷗鷺休親【大迓鼓】相逢期孟春上元佳節燈火黃昏只書何事無憑準【解三醒】今回首又過春分長江且是東風順光一騎丹陽便到白門還思忖【劉潑帽】紅顏定是多薄命莫負恩看舊日緣和分

尾聲

秋來又見歸鴻陣倚樓南望正斜曛拚却和淚緘書再寄君

□惜別　已刻　元　辭

十樣錦　用江陽韻

（繡帶兒）幽窗下沉吟半晌追思俏的嬌娘娉婷態不弱似鶯鶯妖嬈處可比雙雙非奬（宜春令）寵堪誇他性格兒溫柔難描畫他身材停當說不盡風流可喜萬般模樣（降黃龍）相當月下星前吐膽傾心把誓盟

深講行携坐兩願盡老今生同効鸞凰（醉太平）誰想
驀然平地浪波揚信知道禍從天降霧遮雲障被寬
魔苦苦打散鴛鴦（浣溪沙）情慘悽心悒怏鬧不住淚
珠汪汪勞神役思意倉皇忩飡廢寢徒懸望要見無
緣百計憁除非是夢兒裏求到伊行（啄木兒）憐香惜
玉相偎傍尤雲殢雨多歡暢那禁敗葉敲窗驚分天
一方（鮑老催）此情怎忩羅衣尚存蘭麝香銀牋枉寫
離恨章人何在謾嘆息空惆悵憔悴得潘郎兩鬢似霜
（下小樓）咱這裏因他狂蕩他因咱痛感傷幾番拚却

不思量欲待將他丟放怎做得鐵打心腸（雙聲子）江淹恨韓生忿怎比得咱悲愴（鶯啼序）千般事總離了心上又添來攢蹙着傷天憐愁悵便教他相見何妨

尾聲

情人蚤得同鴛帳免使我心勞意攘爇一炷盟香答上蒼

○懷舊　已刻　白雪齋改本　張靈墟

十樣錦　用真文韻

（繡帶兒）燈兒下低頭自忖消磨了幾箇黃昏夢回時

殘月孤蓬花落後細雨重門堪憫（宜春令）是壬犯
郤勾陳恠今生又逢羊刃愁悶怎討得一宵恩愛縣
了半生緣分（降黃龍）難論無底深恩月下花前目成
心允幽期密訊受盡了從前多少寒溫（醉太平）慇懃
錯將紅荳種愁根惡根苗苦縈方寸思量不盡這千
般旖旎半天丰韻（浣溪沙）性兒醇情兒順寵相應暗
裏溫存可憐寃債是前因河陽天遠難投遞算何日
方酬斷續恩絮叨叨說與他們（啄木兒）相逢非是言
無准匆匆自恨情難盡又早雨打梨花欲斷魂（鮑老

(催)花香酒尊人生飛駛逐電奔韶光九十沒半分人不見謾嘆息空勞頓夢遠巫山一片雲(下小樓)只落得那夢中秦晉總牽愁秋與春桃源有路歎埋輪羡殺蜂忪蝶趁到省得瘦減精神(雙聲子)水中魚沙中雁怎討得愁中信(鶯啼序)心中事楷寫在紙上又相將化作啼痕其間怎恐自甘心寂寞病臥愁呻

尾聲

緣慳咫尺如天峻相思一曲不堪聞只恐啼徹哀猿也斷魂

○閨情　已刻　　　　　　　　　　梅禹金

十樣錦　用齊微韻

（繡帶兒）秦樓上月明如水難禁處鳳管頻吹恨悲秋宋玉偏多到今朝共我同悲追悔（宜春令）恨來時錦帕燒除愁絕處玉簪敲碎徘徊不覺啼花怨柳似痴如醉（降黃龍）羅幃燈火追隨帶影成三怎如他對魂消心苦似寸燭風前到底成灰（醉太平）蛾眉羞將胭粉畫蹙雙怕彩雲收琉璃還脆似蜂攢花蕊怎消得千般狼藉萬般憔悴（浣溪沙）髻雲鬆釵金墜聆蕭蕭

徑路無媒江南空有蚤春梅隴頭驛使應難會咫尺如同萬里遙多因是有馬踟躕(啄木兒)空教蹙損春山翠繡幃錦帳情難遂恐容易香消土一坯(鮑老催)凄涼訴誰幽窗夜深啼子規鴛鴦枕倒牀亂槌鴻難覓雁不來書多僞心旌擺斷又搖神旆(上小樓)醒時易愁愁時難寐真箇柔腸九曲迴相思路遠又崔巍莫說寄書的難到便那人兒有夢難歸(雙聲子)恨裏茶愁邊酒都化做心中淚(鶯啼序)心中淚啼殘帕上一行行又蚤成堆

尾聲

飄殘雲雨收環珮蝶祟蜂魔似鬼寂寞求凰一二徽

○惜別　已刻　高深甫

十様錦　用家麻韻

〔繡帶兒〕河橋路征帆初掛瀟瀟水冷蒹葭生怕尋夢裏陽關蚤輕分眼前巫峽寃家〔宜春令〕明知是長短隨緣畢竟的縈牽難罷這心頭怪風塵離別夢魂驚詫〔降黃龍〕因他秋水烟霞掌上輕盈淩波瀟灑娉婷如畫勾引得漁郎路失桃花〔醉太平〕嗟呀蒼茫風露

去無涯水中央櫓聲咿啞怎生禁架這雙眸望斷一
天愁壓（浣溪沙）鴛枕邊燈簷下兩綢繆意不爭差等
閑蜂蝶泯排衙新詞醉寫冰絲帕風月心傾綠鬢娃
儘郵亭唱入琵琶（啄木兒）懽娛一刻千金價金錢卜
動游魂卦難道是水上萍蹤鏡裏花（鮑老催）而今淚
洒那堪人去愁轉加深林古樹棲暮鴉山與水魚共
雁伊和咱端的是水遠山長魚雁遐（下小樓）惹得些
沒頭牽掛假疑真怎捉拿三更夢不到天涯教我鸞
孤鳳寡一擔兒總自撑達（雙聲子）漏聲傳寒宵害先

已把供招押〔鶯啼序〕從前事幾多恩愛倒翻成無限
波查還相訝何日月重圓枯木重華

尾聲

姻緣須記臨岐話莫把我別後相思當假又只怕回
首恩情似撈泡

按十樣錦十二紅俱譜中所不載但兩調向為
人所習見且步驟亦自調貼故為破格之收以
備一體問其所本則不可得而知也附識

南呂名作如林閱之如入萬花谷中令人目迷

五色然而姚黃魏紫疎影暗香自足玄賞是選不能盡收而惟以近乎感嘆傷惋之音者錄爲上乘其餘剩香殘蕊當留別墅以待陽春 嶺樵

附吳騷合編卷之二 終